民國新聞專題史研究叢書

力德專題

倪延年　主編

第10冊

民國時期的軍隊新聞業（下）

劉　亞　著

花木蘭文化事業有限公司

國家圖書館出版品預行編目資料

民國時期的軍隊新聞業（下）／劉亞 著 — 初版 — 新北市：
花木蘭文化事業有限公司，2020〔民109〕
目 4+142 面；19×26 公分
（民國新聞專題史研究叢書；第 10 冊）
ISBN 978-986-518-127-7（精裝）
1. 新聞業 2. 民國史
890.9208   109010133

ISBN-978-986-518-127-7

9 789865 181277

民國新聞專題史研究叢書
第 十 冊

ISBN：978-986-518-127-7

民國時期的軍隊新聞業（下）

作　　者	劉亞
叢書主編	倪延年
出　　版	花木蘭文化事業有限公司
發行人	高小娟
總編輯	杜潔祥
副總編輯	楊嘉樂
編　　輯	許郁翎、張雅淋　美術編輯　陳逸婷
聯絡地址	235 新北市中和區中安街七二號十三樓
	電話：02-2923-1455／傳真：02-2923-1452
網　　址	http://www.huamulan.tw 信箱 hml810518@gmail.com
印　　刷	普羅文化出版廣告事業
初　　版	2020 年 9 月
全書字數	287420 字
定　　價	共 12 冊（精裝）新台幣 36,000 元

民國時期的軍隊新聞業（下）

劉亞 著

目

次

上　冊

《民國新聞專題史研究叢書》序

第一章　民國時期軍隊新聞業的源起與初創 ············· 1

第一節　清朝及北洋軍閥的辦報需求及社會背景 ····· 1

一、清末新軍的建立 ················· 1

二、清末官報的出版 ··············· 3

三、北洋軍閥的興衰 ··············· 8

第二節　清朝創辦的軍隊報刊 ············· 9

一、清朝軍隊報刊概述 ············· 9

二、《武備雜誌》 ···················· 10

三、《武學》和《軍華》《軍聲》 ········· 14

第三節　北洋軍閥時期的軍隊報刊 ········· 15

一、部隊主辦報刊 ··············· 16

二、旅日軍人東京辦報 ··········· 17

三、軍事團體和學術組織繼續辦報 ······· 19

四、北洋軍閥兩手對待報刊報人 ········· 24

第四節　陝西靖國軍創辦的報刊 ··········· 26

一、陝西靖國軍的興亡 ············· 26

二、陝西靖國軍報刊概述 ············ 27

第二章　國民黨的軍隊新聞業（一）⋯⋯⋯⋯⋯⋯ 29
　第一節　國民黨軍隊新聞業的背景 ⋯⋯⋯⋯⋯ 29
　　一、開辦軍校與以校建軍 ⋯⋯⋯⋯⋯⋯⋯⋯ 29
　　二、國民黨軍擴充與整編 ⋯⋯⋯⋯⋯⋯⋯⋯ 29
　　三、國民黨軍整編與衰敗 ⋯⋯⋯⋯⋯⋯⋯⋯ 30
　　四、國民黨軍的政治工作體制 ⋯⋯⋯⋯⋯⋯ 31
　第二節　國民黨軍的報業 ⋯⋯⋯⋯⋯⋯⋯⋯⋯ 35
　　一、黃埔軍校出版的報刊 ⋯⋯⋯⋯⋯⋯⋯⋯ 35
　　二、國民革命軍出版的報刊 ⋯⋯⋯⋯⋯⋯⋯ 49
　　三、抗戰中的國民黨軍報業 ⋯⋯⋯⋯⋯⋯⋯ 59
　　四、「戡亂」時期的國民黨軍報業 ⋯⋯⋯⋯ 79
　第三節　國民黨軍的廣播電影通訊業 ⋯⋯⋯⋯ 93
　　一、國民黨軍的廣播業 ⋯⋯⋯⋯⋯⋯⋯⋯⋯ 93
　　二、國民黨軍的電影業 ⋯⋯⋯⋯⋯⋯⋯⋯⋯ 98
　　三、國民黨軍的通訊業 ⋯⋯⋯⋯⋯⋯⋯⋯ 111
第三章　國民黨的軍隊新聞業（二）⋯⋯⋯⋯⋯ 121
　第一節　「圍剿」中的《掃蕩報》⋯⋯⋯⋯⋯ 121
　　一、《掃蕩掃》創刊於南昌 ⋯⋯⋯⋯⋯⋯⋯ 121
　　二、《掃蕩報》遷武漢出版 ⋯⋯⋯⋯⋯⋯⋯ 125
　第二節　抗戰中的《掃蕩報》⋯⋯⋯⋯⋯⋯⋯ 130
　　一、抗戰時期的武漢《掃蕩掃》⋯⋯⋯⋯⋯ 130
　　二、抗戰時期的重慶《掃蕩報》⋯⋯⋯⋯⋯ 135
　　三、掃蕩報社改行公司體制 ⋯⋯⋯⋯⋯⋯⋯ 148
　第三節　「戡亂」中的《掃蕩報》⋯⋯⋯⋯⋯ 151
　　一、「掃蕩報」改名「和平報」⋯⋯⋯⋯⋯ 151
　　二、《和平日報》一流報團 ⋯⋯⋯⋯⋯⋯⋯ 155
　　三、《和平日報》土崩瓦解 ⋯⋯⋯⋯⋯⋯⋯ 167

下　冊
第四章　共產黨的軍隊新聞業（一）⋯⋯⋯⋯⋯ 171
　第一節　解放軍創辦新聞業的背景 ⋯⋯⋯⋯⋯ 171
　　一、中國工農紅軍 ⋯⋯⋯⋯⋯⋯⋯⋯⋯⋯ 171
　　二、八路軍新四軍 ⋯⋯⋯⋯⋯⋯⋯⋯⋯⋯ 172
　　三、中國人民解放軍 ⋯⋯⋯⋯⋯⋯⋯⋯⋯ 172

四、中共軍隊政治工作……………………………… 173

第二節　人民解放軍的報業………………………… 175

一、工農紅軍出版的報刊………………………… 175

二、八路軍新四軍出版的報刊…………………… 181

三、人民解放軍出版的報刊……………………… 192

第三節　人民解放軍的電影業……………………… 196

一、延安電影團…………………………………… 196

二、華北電影隊…………………………………… 200

第四節　人民解放軍的通訊業……………………… 201

一、納入部隊編制的前線分社…………………… 201

二、成建制設置新華社軍事分社………………… 203

第五章　共產黨的軍隊新聞業（二）……………… 205

第一節　土地革命戰爭中的《紅星報》…………… 205

一、《紅星報》在江西瑞金……………………… 205

二、《紅星報》在長征途中……………………… 207

第二節　南北征戰的《戰士報》…………………… 208

一、土地革命戰爭中的《戰士報》……………… 208

二、抗日戰爭中的《戰士報》…………………… 210

三、和平時期的《戰士報》……………………… 213

第三節　從抗戰中走來的八路軍《抗敵報》……… 214

一、《抗敵報》與《抗敵副刊》………………… 214

二、《抗敵三日刊》與《子弟兵》報…………… 215

三、《華北解放軍》與《戰友報》……………… 216

第四節　從抗戰中走來的新四軍《拂曉報》……… 217

一、《拂曉報》東征前夕創刊…………………… 217

二、《拂曉報》艱難創業有成…………………… 218

三、《拂曉報》由油印改爲鉛印………………… 220

四、《拂曉報》與彭雪楓………………………… 222

五、《拂曉報》延續出版至今…………………… 224

第五節　山溝裏走出的《晉察冀畫報》…………… 225

一、晉察冀畫報社的成立………………………… 225

二、《晉察冀畫報》的戰地出版………………… 229

三、《晉察冀畫報》創造新聞奇蹟……………… 231

第六章　在華外國軍隊的新聞業⋯⋯⋯⋯⋯⋯⋯⋯235
　第一節　外國軍隊在華創辦新聞業的背景⋯⋯⋯235
　　一、西方列強獲得在華駐軍特權⋯⋯⋯⋯⋯235
　　二、日本軍隊長期駐紮中國要地⋯⋯⋯⋯⋯236
　　三、世界反法西斯盟軍進入中國⋯⋯⋯⋯⋯239
　第二節　日軍侵華的新聞活動、傳媒與宣傳⋯⋯⋯244
　　一、甲午戰爭中的新聞宣傳⋯⋯⋯⋯⋯⋯⋯244
　　二、制訂法規限制觀戰記者⋯⋯⋯⋯⋯⋯⋯248
　　三、侵華戰爭中的新聞宣傳⋯⋯⋯⋯⋯⋯⋯250
　第三節　美軍出版戰區報紙在華開辦廣播電臺⋯⋯273
　　一、出版《中緬印戰區新聞綜合報》⋯⋯⋯273
　　二、美軍在中國開辦廣播電臺⋯⋯⋯⋯⋯⋯275
　第四節　蘇軍接管東北日偽廣播與出版報紙⋯⋯⋯277
　　一、接管日偽廣播轉播蘇聯廣播節目⋯⋯⋯277
　　二、蘇聯軍隊在中國出版報刊⋯⋯⋯⋯⋯⋯278
　第五節　朝鮮義勇隊與韓國光復軍在華出版報刊
　　⋯⋯⋯⋯⋯⋯⋯⋯⋯⋯⋯⋯⋯⋯⋯⋯292
　　一、朝鮮義勇隊、韓國光復軍在中國⋯⋯⋯292
　　二、朝鮮義勇隊創辦的報刊⋯⋯⋯⋯⋯⋯⋯293
　　三、韓國光復軍出版的《光復》雜誌⋯⋯⋯294

引用文獻⋯⋯⋯⋯⋯⋯⋯⋯⋯⋯⋯⋯⋯⋯⋯⋯⋯297
後　記⋯⋯⋯⋯⋯⋯⋯⋯⋯⋯⋯⋯⋯⋯⋯⋯⋯311

第四章　共產黨的軍隊新聞業(一)

第一節　解放軍創辦新聞業的背景

一、中國工農紅軍

　　土地革命戰爭,是在 1927 年 8 月至 1937 年 7 月抗日戰爭全面爆發前的十年間,中國共產黨高舉武裝反抗國民黨反動派的旗幟,發動和領導廣大農民開展土地革命、建立農村革命根據地,開始獨立領導和創建人民軍隊、進行武裝鬥爭的革命戰爭。

　　1927 年八一南昌起義,揭開了中共領導人民群眾武裝反抗國民黨統治的序幕。在中共八七會議精神的指引下和南昌起義、湘贛邊界秋收起義、廣州起義的鼓舞下,自 1927 年秋至 1929 年冬,中共在全國組織領導了分布於 12 個省 140 多個縣的百餘次的武裝起義。起義中建立和保存下來的部分武裝,成為建立和發展紅軍最初的來源和骨幹力量,為創建農村革命根據地,發展革命戰爭奠定了初步的基礎。[1]

　　中國工農紅軍先後組建第一方面軍、第四方面軍、第二方面軍和陝北紅軍等,建立了江西中央革命根據地和湘鄂西、鄂豫皖、湘贛、湘鄂贛、閩浙贛、川陝、湘鄂川黔、陝甘等革命根據地。未能打破國民黨對革命根據地的軍事圍剿,除陝北紅軍外,各地紅軍被迫實施戰略轉移,進行艱苦卓絕的長征。1935 年 10 月,紅一方面軍到達陝甘革命根據地;1936 年 10 月,紅四

1　汪維餘、楊繼軍、蔡鄂:《中國人民解放軍戰史概要》,軍事科學出版社,2006 年版,第 7 頁。

方面軍、紅二方面軍抵達陝北。

二、八路軍新四軍

中國抗日戰爭，是在中國共產黨倡導建立的抗日民族統一戰線的旗幟下，以國共兩黨合爲基礎，中國各民族、各階級、各黨派、各社會團體、各界愛國人士、港澳臺同胞和海外僑胞，同仇敵愾，共赴國難，是世界反法西斯戰爭的重要組成部分，是中國近代以來抗擊外敵入侵取得完全勝利的民族解放戰爭。1931 年「9‧18」事變，中國抗日戰爭進入局部抗戰時期。1937 年「7‧7」事變，中國抗日戰爭進入了由戰略防禦、戰略相峙和戰略反攻三個階段組成的全面抗戰時期。1937 年 8 月 22 日，國民政府軍事委員會宣布紅軍主力改編爲國民革命軍第八路軍。8 月 25 日，中共中央革命軍事委員會發布改編命令，宣布紅軍主力改名國民革命軍第八路軍。中國工農紅軍第一、第二、第四方面軍改編爲國民革命軍第八路軍（9 月改稱第十八集團軍），總指揮朱德，副總指揮彭德懷，參謀長葉劍英，副參謀長左權，轄第 115 師、第 120 師、第 129 師和 1 個後方留守處。八路軍主要縱橫馳騁於晉冀魯豫的華北大地。1937 年 10 月，在江西、福建、廣東、湖南、湖北、河南、浙江、安徽等八省境內 14 個游擊區（廣東省瓊崖地區除外）堅持戰鬥的紅軍和游擊隊，奉命改編爲國民革命軍新編第四軍（簡稱新四軍）。12 月 25 日，新四軍軍部在漢口建立，軍長葉挺，副軍長項英，參謀長張雲逸，政治部主任袁國平。1938 年 2 月上旬，江南各游擊隊前往安徽省歙縣岩寺集結整編；江北各游擊隊分別在湖北省黃安縣七里坪、河南省確山縣竹溝集結整編。新四軍轄 4 個支隊及軍部特務營。1941 年，皖南事變。中共中央軍委發布命令在江蘇鹽城重建新四軍軍部，代軍長陳毅，政委劉少奇，參謀長賴傳珠，政治部主任鄧子恢，將隴海路以南的新四軍和八路軍部隊，統一改編爲新四軍共 7 個師和 1 個旅。新四軍主要縱橫馳騁於皖蘇鄂浙的華中大地。中共領導八路軍、新四軍、東北抗日聯軍和南方抗日游擊隊英勇無畏地深入敵後，在華北、華中、華南和東北等廣大地區創建了數十個抗日根據地，無比頑強地打擊日本侵略者，在抗日戰爭中成長壯大，爲奪取抗日戰爭的勝利作出了重大的貢獻。

三、中國人民解放軍

中國人民解放軍，是合併八路軍、新四軍、東北抗日聯軍等部隊改稱。

解放戰爭時期，中共武裝力量根據作戰任務的變動和大戰略區的調整，經歷了編組野戰兵團、擴大野戰軍編制體制和全軍實行統一編制體制的三個發展階段。1945 年 9 月至 1946 年 6 月，成立晉綏野戰軍、晉冀魯豫野戰縱隊、晉察冀軍區野戰軍、中原軍區野戰縱隊、東北民主聯軍野戰部隊、華中野戰軍、山東野戰軍，調整晉綏軍區、晉冀魯豫軍區、晉察冀軍區、中原軍區、東北民主聯軍、新四軍兼山東軍區及南方游擊隊等的編制。1946 年 7 月至 1948 年 10 月，組建西北野戰軍、晉冀魯豫野戰軍、晉察冀野戰軍、華東野戰軍、東北野戰軍，重建中原野戰軍和中原軍區，對晉綏軍區進行整編，對東北民主聯軍的軍區和地方部隊進行整編，晉冀魯豫軍區調整後改建爲華北軍區，新四軍軍部兼山東軍區整編後改建爲華東軍區。

　　1948 年 11 月至 1949 年 10 月，中國人民解放軍開始進行正規化建設，全軍實行統一編制。1949 年春，解放軍按照中共中央軍委 1948 年 11 月和 1949 年 1 月關於統一全軍組織及部隊番號的兩個決定進行整編，西北、中原、華東、東北 4 個野戰軍依次改編爲第一、第二、第三、第四野戰軍。成立與整編西北、中原、華東、東北、華北等軍區，組建與發展炮兵、裝甲兵、工兵、騎兵、通信兵、鐵道兵等陸軍特種兵部隊，開始籌建海軍、空軍。

四、中共軍隊政治工作

　　以周恩來爲書記的中國共產黨前敵委員會領導和發動了南昌起義，在起義部隊中首先建立中國共產黨的組織，並在各軍、師設黨代表和政治部，團、營、連設政治指導員。9 月 9 日，毛澤東等在湘贛邊界發動和領導了秋收起義，在江西省永新縣三灣村對起義部隊進行改編，廢除舊軍隊的雇傭制，建立新型的官兵關係，並規定把中國共產黨的組織建在連上，連以上設黨代表，開始確定黨對軍隊的絕對領導。

　　1929 年 12 月，中國工農紅軍第四軍根據中共中央的指示精神，在福建省上杭縣古田村召開第九次代表大會，一致通過由毛澤東起草的大會決議案。古田會議決議總結了紅軍創建兩年多來的基本經驗，批判了「軍事好，政治自然會好」、「軍事領導政治」等錯誤觀點，明確「軍事只是完成政治任務的工具之一」。古田會議決議，系統地提出了紅軍建設的基本原則，確立了軍隊政治工作的方向、原則和制度等，奠定了紅軍政治工作的基礎。1930 年冬，中共中央制定了《中國工農紅軍政治工作暫行條例》（草案）。1931 年 2 月，

中國工農紅軍總政治部成立。1931 年 11 月，取消了紅軍中的各級黨委，實行「政治委員的最後決定權」，不適當地強調軍事工作人員和政治工作人員的黨性差別。1934 年 2 月，中國工農紅軍總政治部在江西瑞金召開了紅軍第一次政治工作會議。周恩來、朱德、王稼祥等在會上都明確提出了「政治工作是紅軍的生命線」、「是紅軍戰鬥力的源泉」等論斷。

抗日戰爭時期，中共與國民黨第二次合作，紅軍改編為八路軍和新四軍。抗戰初期，八路軍和新四軍曾一度取消了部隊的政治委員制度，將政治部改為政訓處。1937 年 10 月 24 日，中共中央下達命令，恢復部隊的政治委員制度和政治機關。部隊的政治工作採取有力措施，保證黨對軍隊的絕對領導，團結友軍共同抗戰，組織開展整風和生產運動，以及擁政愛民和尊幹愛兵運動等。政治工作在理論上提出了為人民服務是人民軍隊的宗旨、黨指揮槍的原則和官兵一致、軍民一致、瓦解敵軍的政治工作三大原則。1944 年西北局高級幹部會議上關於軍隊政治工作問題的報告，總結建軍以來政治工作經驗，進一步闡明軍隊政治工作的性質、方向、地位、任務和方法，是繼古田會議決議之後軍隊政治工作的又一重要歷史文獻。

解放戰爭時期，人民解放軍的政治工作在繼承紅軍和八路軍、新四軍政治工作優良傳統的基礎上，進行形勢教育，訴苦教育，鼓舞官兵的勝利信心，提高階級覺悟；恢復健全黨委會制度，保證黨的集中統一領導；開展新式整軍運動和軍隊內部的民主運動，加強內部團結；開展立功殺敵和團結互助運動等，有力地提高了部隊的戰鬥力，保證了人民解放戰爭的勝利。[1]

中共領導的工農紅軍、八路軍和新四軍、人民解放軍，持之以恆地重視和開展閱讀報紙工作。1930 年，中華蘇維埃共和國中央執行委員會人民委員會革命軍事委員會頒發《中國工農紅軍政治工作暫行條例草案》，規定政治指導員須組織讀報班。1939 年，八路軍晉察冀軍區政治部發出《關於切實建立連隊中讀報制度的指示》，對「切實建立戰士讀報工作的重要性」、「讀報材料」、「讀報方法」、「讀報者須知」、「讀報後的宣傳工作」和「壁報制度的建立」6 個問題做出具體規定。解放軍有組織地開展讀報、用報工作，既是中共軍隊政治工作的組成部分之一，也是軍事新聞傳播從末端實現新聞宣傳效果的制度規範。

1　柱江：《政治工作是我軍的生命線——我軍政治工作的歷史回顧》，《解放軍報》，2000 年 6 月 26 日。

圖 4-1　戰壕裏的八路軍讀報小組，1938 年，沙飛攝[1]

第二節　人民解放軍的報業

一、工農紅軍出版的報刊

（一）紅軍各部隊出版的報刊

1、誕生於武裝起義、建立根據地之中

南昌起義和創建革命根據地，標誌著中國共產黨走上了農村包圍城市、武裝奪取政權的道路。紅軍報刊誕生於中共領導發動的武裝起義、建立革命根據地之中。

1927 年 7 月 27 日，中共中央決定，由周恩來、李立三、惲代英、彭湃組成中共前敵委員會，周恩來任書記。8 月 1 日 2 時，南昌起義的槍聲打響。曾被國民革命軍總政治部主任鄧演達任命爲武漢新聞檢查委員會主席、武漢中央軍事政治學校籌備處主任的包惠僧來到南昌，被周恩來任命爲《前敵日報》主編。前敵日報社因形勢變化未及成立。[2]

1　顧棪：《中國紅色攝影史錄》（上），山西人民出版社，2009 年版，第 337 頁。
2　陶範：《包惠僧鮮爲人知的記者生涯》，《黨史文苑》，2007 年第 19 期。

1927 年 12 月 11 日，中共發動廣州起義，借用《七十二行商報》社址，徵用印刷工場，出版《紅旗日報》。1929 年 9 月，紅五軍在開闢湘贛革命根據地和湘鄂贛革命根據地時創辦《工農兵》。11 月，紅七軍在百色起義期間創辦《右江日報》。1930 年 1 月，紅八軍在龍州起義後創辦《工農兵報》。同年，第一方面軍第一軍團創建井岡山根據地，創辦《戰士報》。

2、紅軍部隊湧躍出版報紙

紅軍總政治部先後出版了《紅軍報》（約 1930 年）、《紅星報》（1931 年）、《政治工作》《黨的工作》《政治簡報》《紅星畫報》（1932 年），《戰士》（約 1933 年）。紅一方面軍創辦了《政治消息》（1931 年）、《火光》（1933 年），紅二方面軍創辦了《戰士的話》、《紅星》報，紅四方面軍創辦了《戰場日報》（後改名《紅軍》）、《反帝國主義》。工農紅軍學校創辦了《紅軍戰士》《紅校週刊》，工農紅軍學校第四分校創辦了《紅軍報》（1931 年 12 月 16 日）。

紅軍作戰部隊在直接承擔繁重的作戰任務的同時，積極開展報刊宣傳工作。紅二軍團創辦了《紅星》（1930 年夏秋之交），紅三軍團創辦了《武庫》（1931 年）、《挺進》（1931 年）、《火線》（1933 年 1 月）、《政治生活》，紅五軍團創辦了《猛進》（約 1933 年），紅六軍團創辦了《湘贛紅星》（1933 年 10 月），紅七軍在江西興國創刊了《火爐》（1931 年 7 月 18 日），紅十五軍創辦了《努力》（1933 年），紅三軍團第八軍創辦了《鐵軍旬刊》（1932 年），紅十六軍創辦了《紅軍實話》《工農小報》（1932 年），紅四方面軍第四軍創辦了《紅旗》（1931 年）、第九軍創辦了《不勝不休》、第三十軍創辦了《赤化全川》、第三十一軍創辦了《紅星》。紅軍第二十二師創辦了《鐵拳報》（1933 年），紅五軍團第十五軍第四十三師創辦了《努力》（1933 年）。

紅軍地方部隊也出版了一些報刊。福建軍區創辦了《紅色戰線》（1932 年 3 月）、《軍區通訊》（1934 年）、《戰線》（1934 年 4 月 3 日），江西軍區創辦了《紅光》（1932 年）、《拂曉報》（1934 年），閩浙贛軍區創辦了《紅星報》，閩贛軍區創辦了《紅色射手》（1933 年 4 月），湘鄂贛軍區創辦了《鐵軍》半月刊、《紅軍小報》《鐵軍畫報》《瞄準畫報》（1932 年），湘贛軍區創辦了《湘贛紅星》（1932 年 4 月），中共閩浙贛省委、省蘇維埃政府、省軍區政治部、省總工會聯合創辦了《紅色東北》（1933 年 6 月），中共湘贛省委、省蘇維埃政府和工農紅軍湘贛軍區聯合創辦了《紅色湘贛》報（1933 年），中共福建省委

和福建軍區聯合創辦的《紅色福建》（1934 年 10 月 21 日創刊），中共閩北分區委、共青團閩北分區委、閩北蘇維埃政府、閩北軍分區政治部、閩北工會聯合創辦了《紅色閩北》（1933 年初），川陝根據地西北軍區創辦了《紅軍》報。鄂豫皖革命根據地的紅軍，出版了《紅色戰士》《紅軍生活》《紅軍黨的生活》《消息彙報》等報刊。（江西）紅軍獨立三師創辦了《三師生活》（1931 年 1 月 9 日創刊）。1930 年秋，江西省尋烏縣赤衛軍創辦的《紅潮》，由紅潮週報社編輯出版。

有的紅軍地方部隊在主力部隊離開根據地後，繼續堅持創辦報紙，為粉碎殘酷的「圍剿」英勇地開展配合宣傳。「1931 年底，留下堅持右江革命根據地鬥爭的中共右江特委書記、紅七軍二十一師政委陳洪濤，在東蘭縣西山創辦了不定期的油印《紅旗報》。該報刊登《中國共產黨十大政綱》等文件，介紹中央蘇區紅軍的發展和粉碎國民黨軍隊『圍剿』的勝利消息，號召廣大軍民團結一致，粉碎新桂系軍閥乘紅七軍主力北上之機，對右江革命根據地的瘋狂『圍剿』。陳洪濤親自撰寫評論和其他重要文章，如《叛徒的末路》等文。後該報因敵人多次對西山進行殘酷『圍剿』，不久被迫停刊。」[1]

1935 年春，中央紅軍長征後留在閩西的紅八、九團和明光獨立營等紅軍部隊，在中華蘇維埃臨時中央政府糧食部副部長張鼎丞的領導下，奉中華蘇維埃政府辦事處的命令成立閩西南軍政委員會。同年 12 月底，閩西南軍政委員會通過國民黨政府區長家童養媳購買的蠟紙、油墨、油印機等，創辦《捷報》，16 開，油印，印行 500 多份，發給游擊隊指戰員，在村莊和小學的牆壁上張貼，國民黨散佈的「紅軍被消滅了」的謠言不攻自破。1936 年 1 月 5 日，閩西南軍政委員會作出《關於新的形勢與新的任務決議》，指出：「《捷報》須經常出版，各縣要指定專人投稿收集材料，並普遍介紹到群眾中去，讀給群眾聽，揭破當地反革命欺騙宣傳，這樣來增加我們的宣傳力量。」1936 年 1 月出版的第 4 期《捷報》在「大事述評」中說：「國民黨消極抗日，卻調二師人馬到閩南屠殺抗日救國救福建的紅軍游擊隊，屠殺抗日救福建的民眾。」[2]

---

[1] 陳欣德：《土地革命戰爭時期左右江革命根據地的新聞出版工作》，中國近代現代出版史編纂組：《中國近代現代出版史學術討論會文集》，中國圖書出版社，1990 年版，第 282 頁。

[2] 福建省地方志編纂委員會：《福建省志·新聞志》，方志出版社，2002 年版，第 74 頁。

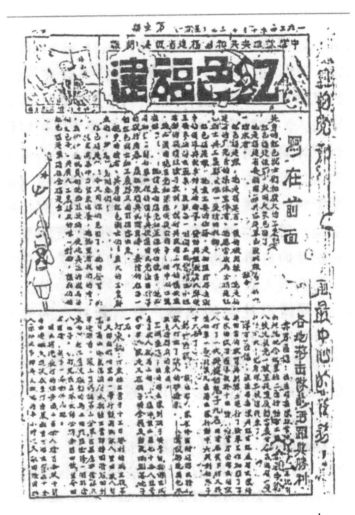

圖 4-2　《紅色福建》1934 年 10 月 21 日第 1 版[1]

3、紅軍報刊出版結構

紅軍報刊的快速發展，一個具有不同讀者對象、不同報導內容的報刊體系逐漸形成，以綜合性報刊爲主、以專業性報刊爲輔的報業結構已經初步呈現。

紅軍綜合性報刊，以中央革命軍事委員會的《紅星報》、紅一軍團的《戰士報》、紅三軍團的《火線》、紅五軍團的《猛進》、福建軍區的《紅色戰線》等爲代表。

1　福建省地方志編纂委員會：《福建省志·新聞志》，第 74 頁，方志出版社，2002 年版。

紅軍專業性報刊，大致有軍事、政治工作和衛生等三類。軍事類報刊有《革命與戰爭》（1932 年 8 月 1 日，紅軍總政治部、紅軍學校和中央革命軍事委員會先後主辦），《紅色戰場》（紅一方面軍總司令部）。政工類報刊有《政治工作》（1932 年 4 月 12 日，工農紅軍總政治部，旬刊，32 開，石印），《黨的工作》（1932 年 9 月 16 日，工農紅軍總政治部，旬刊，32 開，油印），《鐵拳》（紅一方面軍政治部）主辦，1933 年 9 月 11 日改名《火光》）。衛生類報刊有《健康》報（1931 年秋，中央蘇區前敵委員會總軍醫處），《紅色衛生》（約 1933 年 5 月，中央革命軍事委員會總衛生部，32 開本）。

4、紅軍報刊在長征中出版

工農紅軍長征，前有截擊，後有追兵，形勢危急，仍堅持出版報刊，進行新聞宣傳。中共中央總政治部的《前進》報、中央革命軍事委員會的《紅星報》、紅二方面軍的《戰鬥報》、紅一軍團的《戰士報》等報刊在長征途中，及時傳播紅軍在萬里征途中取得的勝利喜訊，宣傳中共的政策主張進行政治與軍事的引導，為軍隊建設完成作戰任務提供戰略戰術指導。

（二）紅三軍團的《紅軍日報》

1、《紅軍日報》的迅速創辦

1930 年 7 月 27 日，紅三軍團乘軍閥混戰、湖南省城守敵力量空虛之機，一舉攻佔長沙。當晚，紅三軍團政治部進入剛被攻佔的長沙城，僅用一天時間進行準備，利用長沙皇倉坪國民日報館的設施與人員，創辦了紅軍報刊中唯一的鉛印對開大報《紅軍日報》[1]。《紅軍日報》的迅速創辦，既反映了彭德懷、騰代遠、何長工等紅三軍團的領導對報刊宣傳工作的高度重視，也反映了紅三軍團政治部工作人員在政治部主任袁國平領導下雷厲風行的工作效率。長沙《大公報》為此深表感歎：紅軍戎馬倥傯「猶知注重報紙宣傳，不稍疏懈，吾人對之，寧無愧色乎」。[2]

---

1 一說為 4 開 4 版，闇四秋：《紅軍日報》，http://www.hnmuseum.com/hnmuseum/collection-info/collection-info!

2 黃勝一：《過去之湖南新聞事業》，《大公報二十週年紀念特刊》，1935 年，轉引湖南省博物館：《湖南革命史料選輯‧紅軍日報》，湖南人民出版社，1979 年版，第 2 頁。

圖 4-3　《紅軍日報》1930 年 8 月 4 日第 1 版[1]

2、《紅軍日報》的出版簡況

　　《紅軍日報》從 7 月 29 日至 8 月 4 日，共出版了 6 期報紙。初爲對開 4 版，7 月 31 日增設兩版的文藝副刊《血光》改爲 6 版。注重傳播新聞，開設了「社論」、「專電」、「紅軍特訊」、「國內新聞」、「國際新聞」、「本省新聞」、「地方新聞」、「本埠新聞」等專欄。紅三軍團政治部主任、黃埔軍校四期生

1　《湘圖典藏｜瞭解〈紅軍日報〉，向軍人致敬！》，http://www.sohu.com/a/244560360_99985677。

袁國平直接領導報紙出版工作，左基忠主編。刊載的新聞佔據報紙的主要篇幅，數量較多，文字簡短。言論富有鼓動性。副刊重視刊載大眾歌謠來宣傳革命道理。

《紅軍日報》第 1 版刊載《共產黨十大政綱》《土地政綱》，第 2、3 版刊載社論、新聞和《為反對軍閥混戰告民眾書》《告工農書》《中國紅軍第三軍團總政治部懸賞嚴拿白匪何鍵劉建緒等歸案究辦》，第 4 版及副刊版刊載《告小商人及智識分子書》《告勞苦青年書》《反改組派宣傳大綱》《告長沙工農勞苦群眾書》《中國工農紅軍第三軍團總政治部為建設湖南省蘇維埃政府敬告工農兵》《為實行湖南總暴動敬告全湘民眾書》《告勞苦婦女書》等文告和一些文藝作品。較全面地宣傳了中國共產黨和工農紅軍的政治主張。

二、八路軍新四軍出版的報刊

（一）八路軍出版的報刊

1、八路軍報刊由陝北到華北

八路軍的報刊宣傳網，以八路軍總部、師兩級報紙為茁壯的主幹，以旅、團和軍分區等報刊為繁盛的枝葉，廣泛地扎根於長城內外的華北大地及陝甘寧邊區，遍及長城內外。

（1）八路軍總部出版的報刊

八路軍總部在挺進山西敵後的進程中，創辦了週刊《前線》《前線月刊》《前線畫報》等。八路軍總部及所屬單位在延安創辦的報刊有：《八路軍軍政雜誌》（八路軍總政治部），《國防衛生》（第十八集團軍軍醫處，1939 年11 月 20 日創刊），《思想戰線》（中國人民抗日軍事政治大學，1937 年 10 月創刊），《通信戰士》（八路軍通信學校，1940 年 1 月 1 日創刊），《敵國彙報》（八路軍敵工部日本問題研究會，1940 年創辦），《部隊文藝》（中央軍委直屬隊政治部，1941 年創辦），《軍事文摘》（八路軍總政治部宣傳部，1944 年10 月創刊）。

八路軍總政治部 1939 年 1 月 15 日在延安創刊《八路軍軍政雜誌》，月刊，24 開本，白報紙鉛印，1942 年 4 月停刊。蕭向榮兼任主編。毛澤東（中共中央軍事委員會書記），王稼祥（中共中央軍委副主席、總政治部主任兼八路軍政治部代主任），蕭勁光（八路軍後方留守處主任），郭化若（中共中央軍委總參謀部第一局長），蕭向榮（八路軍總政治部宣傳部長）5 人組成編

委會。以八路軍營以上幹部爲主要的讀者對象。設「專載」、「抗戰言論」、「通訊」、「八路軍、新四軍捷訊彙報」、「實戰經驗」、「戰鬥總結」、「政治工作」、「對敵研究」、「近古戰爭與古代戰術研究」、「譯叢」等欄目。出版「陳莊戰鬥」、「敵軍工作」和「百團大戰」等特輯。

中共中央軍委在籌備期間，以毛澤東、王稼祥、譚政的名義給八路軍新四軍指揮員發出決定出版《八路軍軍政雜誌》的通知，要求他們撰寫稿件，組織戰地記者寫稿。毛澤東、周恩來、朱德、彭德懷、王稼祥、劉伯承、鄧小平、賀龍、陳毅、聶榮臻、徐向前、葉劍英、左權、關向應等中共領導人和八路軍高級將領，戈里、雷燁、范瑾、普金、林朗等八路軍總政治部前線記者，蕭三、劉白羽、康濯、雷加等作家，八路軍幹部等，爲《八路軍軍政雜誌》撰稿。

毛澤東給予《八路軍軍政雜誌》多方面的指導。他在爲《八路軍軍政雜誌》撰寫的「發刊詞」中指出：「發揚成績，糾正缺點，是八路軍全體將士的任務，也是《軍政雜誌》的任務。抗戰是長期的與殘酷的，發揚八路軍的成績，糾正八路軍的缺點，首先對於提高八路軍的抗戰力量是迫切需要的；同時對於以八路軍經驗貢獻抗戰人民與抗戰友軍，也屬需要。《八路軍軍政雜誌》應該爲此目的而努力。」[1]毛澤東兩次爲《八路軍軍政雜誌》題詞，創刊時題詞「停止敵人的進攻，準備我們的反攻」，創刊三週年題詞「準備反攻」。在中共領導人中，毛澤東是爲《八路軍軍政雜誌》提供稿件最多的作者之一，他在此發表了《抗戰與外援的關係》《關於目前國際形勢與中國抗戰的談話》《當前時局的最大危機》《中國應當學習蘇聯紅軍經驗》等 10 篇文章。1939年 3 月，毛澤東指示《八路軍軍政雜誌》要專設欄目介紹八路軍新四軍抗戰英雄，要求部隊各級政治機關注意收集和提供抗戰英雄的事蹟材料，同時要求各部隊報紙也要刊登相關文章。

《八路軍軍政雜誌》刊發了《相持階段中的形勢與任務》（毛澤東）、《論目前戰局與敵後抗戰的幾個問題》（王稼祥）、《中國共產黨與革命戰爭——紀念黨的二十週年》（朱德）、《兩年來華北游擊戰經驗教訓的初步整理》（劉伯承）、《部隊中的宣傳鼓動工作》（蕭向榮）、《孫子兵法初步研究》（郭化若）等文章。刊載了《紅燈》《李延祿軍長會見記》《戰士陳大遠》《捉放俘虜記》《三顆手榴彈》《記八路軍的一個勇士》《弟兄們的先鋒》《邊德中》《左玉山

---

1 中共中央文獻研究室：《毛澤東文集》第二卷，人民出版社，2009 年版，第 142 頁。

一定在笑》《李成開——一個偽軍反正的故事》《班長王玉》《英勇抗戰的山東八支隊》《一一五師騎兵營》《坦克車跳舞》《火的故事》《連續的伏擊戰》《活捉憲兵大佐》《收復康家會——百團大戰中晉西北的一個戰鬥》《掩護——百團大戰中的報告之一》《夜襲紅旗大廟》《破鐵路與剪電線》等通訊。

　　每期刊有套色木刻畫頁、圖畫、地圖、題詞等的《八路軍軍政雜誌》，從第 9 期起固定刊載 2 頁相連的軍事照片。1939 年的各期雜誌封面，分別印有八路軍戰士練武、學習、生產、行軍等場面的淺紅、淡綠、米黃、紫等套色木刻畫。容量較大，內容豐富，按期出版。實際工作人員只有 2 人。發行約3000 份。國內外公開發行，延安新華書店經售。抗戰友軍和大後方的機關、團體、報刊、學校、圖書館紛來信函要求訂購、贈送或交換，個人訂閱者近千人，有的書店要求寄紙型代行印售。瑞士日內瓦中國國際圖書館、南洋檳榔嶼《現代週刊》等，成為交換的常戶。

圖 4-4　《八路軍軍政雜誌》第三卷第七期封面[1]

1　段豔文：《中國期刊的記憶》，http://www.sohu.com/a/239716646_759258。

（2）八路軍留守兵團出版的報刊

八路軍留守兵團出版的報刊，約出現於 1938 年，1940 年前後小有發展，1944 年出現辦報熱潮。

八路軍留守兵團 1938 年 7 月創刊《軍事月刊》。1940 年 1 月，甘肅鄜（縣）甘（泉）警備區創刊石印《進步報》，5 日刊；4 月，第 359 旅在甘肅慶陽創刊油印《民光報》，5 日刊。1941 年 12 月，陝甘寧晉綏聯防軍衛生部創刊《西北衛生》；三邊警備區在定邊創刊《新邊牆報》，油印，5 日刊。陝甘寧邊區最為主要的八路軍報紙是八路軍後方留守處 1940 年 8 月創刊的鉛印《連隊生活》，1943 年 4 月 13 日改名《部隊生活》4 開 4 版，由旬刊改為週刊，繼改 5 日刊、3 日刊，鉛印。設「時事」、「黨的生活」、「部隊訓練」、「政治教育」、「文化教育」、「衛生工作」、「疾病防治」、「戰地救護」等欄目。

1944 年，八路軍留守兵團各部隊大都出版了報紙。據陝甘寧文教會 1944 年 11 月統計，陝甘寧邊區共有 24 種部隊報紙，除留守兵團《部隊生活》外，有戰火部《戰火報》，前進部《前進報》，戰線部《練兵通訊》，紅星部《戰旗》，戰鬥部《工作通訊》，戰爭部《工作通訊》，警 3 旅《練兵報》《塞鋒報》《生產報》，獨 1 旅《戰力報》，新 4 旅《反攻報》，359 旅《戰場報》，385 旅《部隊通訊》，三邊警備區《新邊牆報》，保衛團《生活通訊》，7 團《邊防戰士》，16 團《衝鋒報》，獨 1 旅 2 團《練兵生活》，719 團《戰士的話》，358 旅教導營《生產通訊》，警 7 團《戰士先鋒》，《戰士導報》和關中報社《部隊工作》。[1]

2、八路軍各師及軍區出版的報刊

（1）晉察冀軍區創辦的報刊

1937 年 10 月下旬，八路軍第 115 師主力南下，政委聶榮臻率第 115 師獨立團、騎兵營等 2000 餘人，開始創建抗日根據地。約過一旬，聶榮臻部與中共領導的河北游擊軍、呂正操領導的人民自衛軍，基本控制了平綏、正太、同蒲、平漢 4 條鐵路幹線之間的廣大地區。11 月 7 日，晉察冀軍區成立，聶榮臻任司令員兼政治委員。

晉察冀軍區出版了《抗敵報》（1937 年 12 月 11 日），《抗敵副刊》（1938 年 1 月 24 日），《抗敵畫報》（1938 年 8 月 1 日），《熔爐》（1940 年 4 月），《抗

---

1 黃河、張之華：《中國人民軍隊報刊史》，解放軍出版社，1986 年版，第 100～101 頁。

敵月刊》（1940 年 7 月 1 日），《抗日戰場》（1941 年 2 月 1 日），《晉察冀畫報》（1942 年 7 月 7 日），《前線報》（冀中軍區，1938 年 9 月，任邱青塔鎮）等報刊。冀中軍區所屬各分區出版了《火焰報》《火線報》《情報》（第六軍分區），《戰地》《新聞簡報》《戰地》（第七軍分區），《前衛報》（第八軍分區），《前哨報》（第九軍分區），《先鋒報》《烽火報》《北進報》（第十軍分區）。抗戰初期，冀中還出版了《自衛報》（冀中游擊自衛軍，河北高陽），《國防報》（河北游擊軍，肅寧），《抗敵報》（八路軍第三縱隊，河北安平侯疃村）等報刊。

（2）主要在山東出版的第 115 師報刊

1937 年 10 月下旬，八路軍第 115 師主力南下，分散轉入日軍翼側及後方開展游擊戰爭，建立抗日根據地。1938 年 12 月，代理師長陳光、政治委員羅榮桓率第 115 師部及第 343 旅第 686 團由晉西東進，1939 年 3 月初到達山東省鄆城、鄆城地區。同月，山東各地武裝起義部隊被組建八路軍山東縱隊，歸八路軍總部直接領導，1941 年 8 月由第 115 師接替指揮。1942 年 1 月，山東縱隊改稱山東軍區。3 月，山東縱隊司令部與第 115 師司令部合署辦公。1943 年 3 月，重新成立山東軍區，司令員兼政委羅榮桓。

八路軍第 115 師和山東軍區先後出版了一批報刊。師政治部創辦了《戰士報》《抗戰報》，山東縱隊創辦了《前衛報》（1940 年 11 月 7 日），山東軍區衛生部創辦了《軍醫雜誌》，第一縱隊創辦了《山東八路軍軍政雜誌》，膠東軍區創辦了《前線報》和《膠東畫報》，渤海軍區創辦了《軍人報》和《前鋒》雜誌，《戰士報》（第一軍分區），《軍號》（第二軍分區），《勇士報》（特務一團），《民兵》報（濱海軍區）。

（3）分布山西綏遠的第 120 師報刊

1937 年 9 月下旬，八路軍第 120 師師部率第 358 旅挺進以管涔山脈為依託的晉西北地區，第 359 旅挺進到五臺、平山地區，開展敵後游擊戰爭，創建抗日根據地。1940 年 11 月，晉西北軍區成立，第 120 師師長賀龍、政委關向應分任司令員、政委。1942 年 9 月，晉西北抗日根據地和大青山抗日根據地聯成一片，晉西北軍區改為晉綏軍區。

八路軍第 120 師和晉西北（晉綏）軍區先後出版的報刊有：《戰鬥報》《戰鬥畫報》《戰鬥月刊》（鉛印）、《部隊工作通訊》（鉛印）、《敵情》半月刊（軍區政治部），《西北衛生》月刊、《建生通訊》（軍區衛生部），《戰鬥文藝》月刊（軍區戰鬥劇社）。晉綏軍區政治部開辦的戰鬥通訊社，1940 年開

始發稿。第 120 師所屬各旅出版了《戰士報》《戰線報》《戰果報》和《戰果》《戰力》《戰勝》等月刊。八路軍大青山騎兵支隊創辦了《戰壘報》（1938年）。[1] 八路軍綏蒙游擊支隊政治部創辦了《綏蒙抗戰》報（1939 年，8 開，單面油印，不定期發行）。綏察游擊區行署創辦了《蒙漢團結》（1941 年）。山西新軍決死二縱隊及所屬創辦了《黃河戰報》《長城報》《長江報》等報刊。決死四縱隊及所屬創辦了《前線報》《前線月刊》《前哨》《廣播臺》《工衛報》等報刊。

（4）分布晉冀魯豫的第 129 師報刊

1937 年 9 月 30 日，八路軍第 129 師師部率第 386 旅及第 769 團、教導團、騎兵營等，開赴華北抗日前線。配合國民黨軍保衛忻口、太原後，挺進正太鐵路（今石家莊至太原）以南的平定、昔陽地區，打擊沿鐵路西進的日軍。11 月中旬，創建以太行、太嶽山脈爲依託的晉冀豫邊抗日根據地。1938年 4 月至 1940 年 4 月，先後成立晉冀豫、冀南、魯西、太行、太岳、冀魯豫、魯西軍區。1945 年 8 月 20 日，上述軍區合併成立晉冀魯豫軍區，第 129師師長劉伯承、政委鄧小平分任司令員、政委。

八路軍第 129 師和晉冀魯豫軍區先後創辦了一批報刊。第 129 師創辦了《先鋒報》（1937 年 11 月），《戰場畫報》（1940 年），《戰場週報》（1942 年5 月 9 日，油印，4 開 2 版，後改名《戰場報》，鉛印）。冀魯豫軍區創辦了《戰友報》《戰友月刊》《人民的軍隊》。冀魯豫軍區所轄第一至第七軍分區分別創辦了《火花報》《挺進報》《抗戰報》《前鋒報》《烽火報》《火線報》和《戰地報》。太行區武裝抗日委員會創辦了《太行民兵》（約 1944 年 1 月創刊，鉛印，8 開）。

八路軍第 129 師第 344 旅的《戰友報》，1937 年 10 月創刊河北平山郭蘇鎮。《戰友報》早期情況，如下所述：

「戰友」遠史

1937 年平型關戰鬥之後，115 師 344 旅開入冀察晉，那時根據地尚在著手開闢，一切文化活動還談不到，敵後軍民對抗日新聞又非常急需，《戰友報》和《戰友電訊》便及時誕生了，它不但供給了部隊以精神食糧，而且也適當的解決了政府和人民的迫切要求，所以，《戰友報》的聲譽，曾傳遍冀察晉。（19）38 年春，

1　吳錫恩：《中國解放區報業圖史》，清華大學出版社，2012 年版，第 29 頁。

344 旅開入了晉東南，《戰友報》和《戰友電訊》成為純粹的部隊的讀物，它接受了紅軍中油印報紙的優良傳統，以明確尖銳的立場，批評了當時部隊中的一切不良偏向，表揚和鼓勵了模範事蹟；並介紹和創造了不少的文化娛樂工作，使《戰友報》真正成為連隊戰士親密的戰友。（19）39 年春，楊得志司令員率 4 旅一部挺進冀魯豫成立了冀魯豫支隊，344 旅成為東西兩個集團，於是《戰友報》也有東西兩個版樣了，這時在晉東南的 4 旅，增刊專供幹部閱讀的《戰友週刊》，為以後《戰友月刊》的前身。（19）39 年「七七」晉東南掃蕩的國民黨發動陽城事變中，4 旅擔負捍衛太南的重責，一時交通阻隔，《新華日報》華北版不能及時到太南來，《戰友報》又短期的改變了性質，吸收地方新聞，和刊登大量的時事消息，成為黨政軍民大家能看的報紙了。不過這個時期很短，即恢復原來的性質。後來 4 旅及冀魯豫支隊和其他一部，整編為二縱隊，（19）40 年春挺進到冀魯豫，旋又兼有軍區統率機關，《戰友報》始終是縱隊和軍區的機關報。（19）41 年夏冀魯豫和魯西兩軍區合編，部隊增多，地區擴大，油印報不足部隊的分配，因之，僅刊發了《戰友月刊》，《戰友報》便暫時的停刊了，直到 1943 年春，軍區的石印機關日漸充實健全，才誕生了石印《戰友報》。[1]

1943 年 3 月 20 日，《戰友報》石印 2 版，7 日一張，每期印行 1300 餘份，冀魯豫軍區後方石印所印刷。8 月 16 日，正式成立報社，社長胡癡，總編輯梁秋，冀魯豫軍區印刷所改為戰友報社印刷所，報紙改出 4 版。9 月 12 日，日軍「掃蕩」南（樂）清（豐）觀（城）地區，戰友報社一部南移彝城以西分散堅持，沙汀、閻冷不幸殉職。

1944 年 1 月，戰友報社全體人員一齊動手，修築了 5 條地道，長 20 餘丈，後又增修一座方型的大地下室。5 月 20 日，報紙改為 5 日刊。8 月至 11 月，經採保股長郭永興等人不避艱險，從敵佔區購得 8 頁鉛印機一架、腳踏機一架、鉛字一部，一面從軍區抽調部分人員前往冀魯豫書店學習技術，一面積極吸收外來技術工人。

1945 年 7 月 1 日，在成功試版鉛印《戰友增刊》後，《戰友報》改出鉛印報紙。[2]《戰友報》，石印時發行 2300 份，1945 年 7 月 1 日改為鉛印，發

---

1 八路軍冀魯豫軍區政治部《戰友報》，1947 年 3 月 22 日。
2 《〈戰友〉四年記事》，八路軍冀魯豫軍區《戰友報》，1947 年 3 月 22 日。

行 1600 份，後增至 3000 多份。[1]

（二）新四軍出版的報刊

1、新四軍報刊從閩西到皖南

新四軍的辦報活動，最早可追溯到南方八省游擊健兒下山整編之時。1937 年 10 月，福建紅軍游擊隊改稱閩南人民抗日義勇軍第三支隊，創辦《抗戰情報》。11 月底，閩西人民抗日義勇軍成立，創辦《火線報》。1938 年春，閩西人民抗日義勇軍和閩贛邊境的汀瑞游擊隊等合編組建新四軍第 2 支隊。新四軍第 2 支隊接辦的《火線報》，隨軍跋涉北上，開赴江南抗日。1939 年 11 月 7 日後，改由新成立的新四軍江南指揮部主辦。[2]

新四軍在皖南出版機關報《抗敵報》，中共中央東南局與新四軍政治部合作創辦《戰地青年》，軍政治部出版了《電訊要聞》《戰士園地》《抗敵畫報》，還出版了季刊《建軍》，週刊《理論與實踐》，半月刊《學習》（新四軍教導總隊），《突擊報》（軍直屬×團），《前哨》（皖南×支隊）。

1938 年夏秋，新四軍第 1 支隊在江蘇蘇南地區創辦《戰士報》；9 月 29 日，新四軍游擊支隊在河南確山竹溝鎮創刊《拂曉報》。1939 年初，新四軍挺進縱隊在江蘇揚中二圩港創辦《群眾導報》，新四軍豫皖挺進縱隊創辦《小消息報》；8、9 月間，新四軍游擊支隊創刊 16 開《拂曉每日電訊》；9 月 1 日，新四軍江北指揮部創刊《抗敵報》（江北版）；同年下半年，新四軍豫鄂挺進縱隊創辦《抗敵報》。1940 年 2 月，新四軍鄂豫挺進縱隊在湖北京山創刊《挺進報》；5 月，江南抗日救國軍東路指揮部在江蘇蘇南東路地區（今滬寧鐵路東段）創辦《東進報》；同月，中國人民抗日軍政大學第 4 分校在豫皖蘇邊區麻冢集創刊《抗大生活》；同年夏，新四軍第 4 支隊創刊石印《抗戰報》；8 月，新四軍豫鄂挺進縱隊第 1 支隊創刊《建設報》；9 月，新四軍蘇北指揮部創刊《戰士報》；10 月，新四軍蘇北指揮部在江蘇海安創刊《抗敵報》（蘇北版）；同年秋，新四軍蘇北指揮部第 1 縱隊創辦《鬥爭生活》；同年冬，新四軍江北游擊司令部創刊《戰鼓報》；同年，新四軍豫鄂挺進縱隊創辦《戰鬥報》，新四軍鄂豫挺進支隊 1 團創刊《鐵掌報》。新四軍在組建至 1941 年 1 月離開皖南的 3 年多時間，出版了多爲油印小報的 30 多種報刊。

1 黃河、張之華：《中國人民軍隊報刊史》，解放軍出版社，1986 年版，第 110 頁。
2 王傳壽：《烽火信使——新四軍及華中抗日根據地報刊研究》，合肥工業大學出版社，2010 年版，第 17 頁。

　　新四軍軍部《抗敵報》，1938 年 5 月 1 日在安徽太平創刊，馮定、汪海粟兼任主編。成立編輯委員會。以新四軍指戰員爲主要讀者對象，堅持團結抗戰到底，反對投降分裂陰謀，實施教育，反映人民要求自由解放的眞實意見。文字通俗簡短，編排新穎活潑，開闢《文藝》《戰士園地》《抗敵劇場》《新文字》《青年隊》5 種副刊。出版號外報導粟裕率領先遣隊獲得的韋崗伏擊戰的捷報。還刊載了《新四軍印象記》（埃德加・斯諾）、《新四軍優秀的傷兵醫院》（史沫特萊）等美國記者、作家的文章。公布集體作詞、何士德作曲的《新四軍軍歌》，發布軍長葉挺、副軍長項英、政治部主任袁國平、副主任鄧子恢聯署的命令，「全軍一律遵照採用，全體指戰員應在最短時期內，唱誦純熟，茲根據軍歌解釋，深入教育，使人人深切瞭解軍歌意義，以軍歌之精神爲全軍之精神，並貫徹此精神於我軍戰鬥中，工作中，日常生活中去。軍歌應在集會時歌唱，唱時必須全體肅立，莊嚴鄭重，並不得任意修改歌詞與歌曲」。[1]

圖 4-5　新四軍《抗敵報》1939 年 8 月 1 日第 1、4 版[2]

1　《命令》，《抗敵報》，1939 年 10 月 11 日。
2　黃河、張之華：《中國人民軍隊報刊史》，插頁，解放軍出版社，1986 年版。

《抗敵報》初為手刻油印，5日刊。1939年下半年，新四軍軍部印刷所，獲得中共地下黨的大力支持，擁有了較為齊全的印刷設備，《抗敵報》改出鉛印 3 日刊。初期發行約千份，最多時達七八千份。曾夾雜在別的物品中流傳到淪陷的上海。1941年1月4日，新四軍軍部奉命北移。《抗敵報》在當天出版與皖南父老告別專號停刊。第一版刊載長篇社論《臨別贈言》，套紅疊印「告別皖南，進軍敵後」。

1941年1月，皖南事變後，新四軍在江蘇鹽城重建軍部，整編部隊。新組建的新四軍軍部及部隊，一如既往地高度重視軍事新聞宣傳工作，軍、師、旅、團各級部隊續辦和新創了大量的報紙，報紙出版的數量較前一階段有了成數倍的增長，報刊出版的分布範圍有了顯著擴大，徹底扭轉了前一時期報刊出版地點偏於集中在皖南山區的不足，遍及分布於華中的蘇北、蘇中、蘇南、淮北、淮南、鄂豫皖、皖中、浙東等各個抗日根據地。

新四軍領導機關出版的報刊有：《無線電訊》（中共中央華中局宣傳部和新四軍政治部宣傳部合辦，1941年8月26日創刊，鉛印，日刊，4開2版），《新華報》（中共中央華中局和新四軍聯合主辦，1942年7月1日創刊），《軍事建設》（司令部，1942年9月創刊），《健康報》（衛生部，1942年8月1日創刊），《敵國彙報》（敵工部，1941年創辦），《江淮文化》（政治部，1941年創辦，鉛印16開），《醫學文摘》（新四軍兼山東軍區衛生部，1945年創辦）。

新四軍各師、旅均出版了報刊。第 1 師出版了《抗敵報》（蘇北版），《抗敵雜誌》（蘇北版），《抗戰週報》，《鬥爭生活》（第 1 旅），《鬥爭報》和《鬥爭叢刊》（第 2 旅），《先進報》《先進電訊》《戰士生活》（第 3 旅），《工作與學習報》（蘇中軍區），《前哨報》（蘇中第 1 軍分區），《濱海報》（蘇中第 2 軍分區），《江潮報》《江潮叢刊》（蘇中第 3 軍分區），《東南晨報》《紅星》（蘇中第 4 軍分區），《前進報》（第 1 團），《戰鬥報》（第 7 團），《工農兵》（第 52 團），《學習》（蘇中軍區蘇中公學）等報刊。第 2 師出版了《抗敵報》《新華導報》《建軍月刊》《黨的生活》《抗敵通訊》《抗敵畫報》《戰士文化》《醫務生活》和《抗戰報》（第 4 旅），《前鋒報》（第 5 旅），《戰鬥報》（第 6 旅）等報刊。第 3 師出版了《先鋒報》《先鋒雜誌》《先鋒文藝》《先鋒畫報》《蘇北畫報》《師直小報》《先鋒醫務》和《前線報》（第 7 旅），《戰鬥報》（第 8 旅），《奮鬥報》（第 9 旅）等報刊。第 4 師出版了《拂曉報》《拂曉每日電訊》《拂曉雜誌》《軍事雜誌》和《戰旗》報（第 10 旅），《創造報》（第 11 旅），《前進

報》（第 12 旅）等報刊。第 5 師出版了《鐵拳報》《挺進報》《挺進雜誌》《戰鬥》雜誌《連隊生活》和《建設報》《好戰士報》（第 13 旅），《烽火報》（第 15 旅），《衛生口報》（第 1 軍分區），《襄河部隊》（第 3 軍分區），《鐵流報》（第 4 軍分區），《襄河部隊報》（襄南軍分區，湖北熊口地區）等報刊。

　　新四軍第 6 師出版了《戰鬥與行軍》，《火線報》《戰士座談》《江南通訊》（第 16 旅），《東進報》《戰鬥》《快報》（第 18 旅）。第 16 旅接辦新四軍江南指揮部的《火線報》，發給本旅，和區大隊、游擊隊及縣、區、鄉幹部。1943 年底，隨軍由蘇南抗日根據地進駐浙江長興。中共蘇皖區委決定，《火線報》與區委內部刊物《團結》合併，創辦區委機關報《蘇南報》。1944 年 10 月 7 日，《火線報》在浙江長興白峴終刊。10 月 10 日，中共蘇皖區委機關報《蘇南報》創刊，報紙序號接《火線報》。18 旅《前哨報》，1943 年 9 月被中共蘇中第一地委改為地委機關報，又於同年底另行出版《前哨報》（部隊版）。第 7 師出版了《電訊》《戰鬥報》《武裝報》等報刊。新四軍浙東游擊縱隊出版了《戰鬥報》《戰鬥畫報》。

（三）華南抗日游擊隊出版的報刊

1、華南抗日游擊隊報刊出版概述

　　華南抗日游擊隊，是抗戰時期中共領導下的廣東省（含今海南省）及廣西省多支人民抗日游擊隊的總稱。華南抗日游擊隊在瀕臨南海，北靠湘贛，東接福建，西連雲貴，南鄰港澳的廣大地區，打擊日寇的同時，出版了《大家團結》《東江民報》《前進報》《抗日雜誌》《政工導報》《岳中導報》《正義報》《士兵之友》等報刊。

2、東江縱隊的《前進報》

　　1942 年 3 月 29 日，廣東人民抗日總隊機關報《前進報》創刊。工作人員背負沉重的出版工具，經常隨軍轉移。他們在敵人梅林炮台山腳下搭過僚棚，以保證在雨季能夠印製報紙；兩次穿越日軍封鎖線抵達香港新界地區的沙頭角海邊和大埔圩林村的黃蜂寨，以躲避國民黨頑固派的內戰烽火；秘密進駐敵佔區，置之死地而後生。1945 年 1 利用博羅城《博羅日報》社丟棄的印刷設備，在羅浮山朝元洞的一所道教廟宇裏，一度將報紙改為鉛印出版。同年 3 月，分別出版江南版、江北版。油印發行 3000 份，鉛印發行逾萬份，除在東江抗日根據地發行，還發行到珠江、西江、韓江、粵中、南路等游擊區和兄弟部隊，也在香港、廣州等敵佔區內秘密發送。

（四）東北抗日聯軍出版的報刊

1931 年「9‧18」事變到 1945 年抗戰勝利，由部分原東北軍、農民暴動武裝、東北抗日義勇軍餘部等組成的東北抗日聯軍，同日本侵略者進行了長達 14 年的艱苦卓絕的鬥爭。

東北抗日聯軍出版的報刊，主要集中於 1932 年至 1940 年期間，分布於東北的南滿地區（今吉林省以南）、東滿地區（今吉林省東部）、北滿地區（今吉林省以北）和吉東地區（今黑龍江牡丹江），報紙主要有《綏寧報》（中共綏寧中心縣委和抗日游擊隊，1932 年 7 月，8 開，2 版，單面油印），《紅軍消息》（中國工農紅軍第三十二軍南滿游擊隊和中共磐石縣委宣傳部，1932年 11 月，油印，不定期出版），《人民革命報》（東北人民革命軍第一軍獨立師，1933 年 9 月 18 日，1936 年 2 月，改名爲《南滿抗日聯合報》），《人民革命畫報》（東北人民革命軍第一軍獨立師），《人民小報》（中共磐石中心縣委和中國工農紅軍第三十二軍南滿游擊隊政治部，1933 年 10 月，油印），《人民革命報》（東北人民革命軍第三軍，1935 年 4 月，油印），《南滿抗日聯合報》（中共南滿省委宣傳部和東北抗日聯軍第一路軍，1936 年 2 月下旬，8 開 2 版，單面油印，不定期發行）。抗聯一路軍創辦了《中國報》（1938 年12 月，8 開或 16 開，單面油印，週刊），抗聯第二軍創辦了《戰旗》（1938年 6 月 1 日）、《東北紅星壁報》（1940 年 5 月）。

三、人民解放軍出版的報刊

解放戰爭時期，人民解放軍各大野戰軍、軍區及所屬野戰部隊、地方部隊、特種兵部隊、後勤、學校紛紛出版報刊，報刊出版數量眾多，難以準確計數。

（一）各大野戰軍的報刊出版

1、第一野戰軍、西北軍區出版的報刊

第一野戰軍、西北軍區出版了《野戰軍》（1949 年 5 月）、《人民軍隊報》（1949 年 7 月 15 日）、《人民軍隊畫報》（1949 年 8 月 1 日）、《戰鬥報》（1949年 4 月復刊）、《向前進》（第 2 軍）、《軍政導報》（第 6 軍兼迪化軍區）、《部隊通訊》（第 7 軍）、《戰力報》（第 1 軍 2 師）、《猛進報》（第 6 軍 17 師）、《部隊生活》（西北軍區渭南軍分區）、《戰士生活》（西北軍區三邊軍分區）等報刊。

2、第二野戰軍、中原軍區出版的報刊

第二野戰軍、中原軍區出版了《人民戰士》（晉冀魯豫野戰軍）、《人民的軍隊》報（晉冀魯豫軍區）、《軍政往來》（中原軍區、中原野戰軍政治部）、《中原畫刊》、《戰鬥與工作》（第 3 兵團）、《經驗交流》（第 4 兵團）、《連隊生活報》（第 5 兵團）、《野戰報》（中原解放軍第縱 3 隊）、《前進》報（第 10 軍）、《勝利》（第 11 軍）、《人民英雄》（第 12 軍）、《大進軍》（第 14 軍）、《戰場》報（第 15 軍）、《勇士》報（第 16 軍兼遵義軍分區）、《前衛報》（第 17 軍）、《進軍報》（第 19 軍）、《人民解放軍》報（太嶽軍區）、《建軍報》（豫皖蘇軍區）、《前進》報（江漢軍區獨立旅）等報刊。第 4 兵團於 1949 年 5 月 25 日創刊《南昌新聞》，6 月 7 日中共江西省委以《南昌新聞》為基礎創刊機關報《江西日報》。[1]

3、第三野戰軍、華東軍區出版的報刊

第三野戰軍、華東軍區出版了《軍政週報》（新四軍兼山東軍區）、《華東前線報》（華東野戰軍）、《人民前線》（華東軍區）、《前導》（山東軍區）、《華東前線》（第 7 兵團）、《長江》（第 9 兵團）、《解放前線》（第 10 兵團）、《前鋒報》（第 20 軍）、《拂曉報》（第 21 軍）、《麓水報》（第 22 軍）、《戰地》報（第 23 軍）、《火線報》（第 24 軍）、《武裝報》（第 25 軍）、《戰旗報》（第 26 軍）、《勝利報》（第 27 軍）、《前哨報》（第 28 軍）、《戰線報》（第 29 軍）、《戰號報》（第 30 軍）、《進軍報》（第 31 軍）、《戰鬥生活》報（第 32 軍）、《進軍》報（第 33 軍）、《建軍》報（第 34 軍）、《前進報》（第 35 軍）、《前鋒報》（渤海軍區）、《前線報》（膠東軍區）、《前衛報》（魯中南軍區）、《蘇北軍政》雜誌（蘇北軍區）、《戰士報》（蘇南軍區）、《反攻報》（皖北軍區）、《鐵軍報》（皖南軍區）、《前哨報》（蘇中軍區第一軍分區）等報刊。

4、第四野戰軍、東北軍區出版的報刊

第四野戰軍、東北軍區出版了《自衛》報（東北民主聯軍）、《戰士生活》（第四野戰軍）、《前進報》（東北軍區）、《部隊生活》報（第 12 兵團）、《戰士小報》（第 13 兵團）、《連隊生活》（第 15 兵團）、《立功》報（第 39 軍）、《戰鬥》報（第 41 軍）、《衝鋒報》（第 42 軍）、《前線報》（第 43 軍）、《戰勝報》（第 44 軍）、《鐵拳》報（第 45 軍）、《前進》報（第 46 軍）、《三猛》雜誌（第 47 軍）、《戰鬥報》（第 58 軍）、《戰友報》（遼東軍區）、《湖北子弟兵》（湖北

1　龔小京：《江西省建國前報刊概述》，《江西圖書館學刊》，1989 年第 4 期。

軍區）、《建軍報》（河南軍區）、《火線》報（第 38 軍 113 師）、《前衛報》（第 40 軍 118 師）、《奮鬥報》（第 49 軍 145 師）等報刊。

5、華北野戰軍、華北軍區出版的報刊

華北野戰軍、華北軍區出版了《戰友報》（冀魯豫軍區）、《華北解放軍》（華北軍區）、《戰場快報》（第 3 兵團）、《人民子弟兵》（第 18 兵團）、《人民子弟兵》（第 19 兵團）、《戰場報》（第 20 兵團）、《前進》報（第 60 軍）、《前線報》（第 63 軍）、《前鋒報》（第 68 軍）、《冀晉子弟兵》（冀晉軍區）、《冀東子弟兵》（冀東軍區）、《察省子弟兵》（察哈爾軍區）、《平原戰士》（平原省軍區）、《子弟兵報》（冀熱遼軍區第 8 縱隊）、《生力軍》（華北軍區補訓兵團）、《新軍人報》（晉冀魯豫軍區直屬第 17 師）、《民兵通報》（冀魯豫軍區人民武裝部）等報刊。

（二）兵種後勤衛生部隊出版的報刊

1、解放軍特種兵等部隊出版的報刊

人民解放軍在戰爭中成長壯大，炮兵、裝甲兵、騎兵、鐵道兵等特種兵部隊相繼湧現，出版了《特種兵》報（華東野戰軍特種兵縱隊政治部，1948 年 1 月）、《特種兵》（第四野戰軍特種兵司令部，1949 年創刊）、《鋼鐵戰士》（第二野戰軍特種兵縱隊，1949 年 8 月 1 日）、《人民炮兵》（華北軍區炮兵旅，1946 年 10 月 10 日）、《骨幹》報前線版（東北民主聯軍炮兵政治部，1947 年 1 月 24 日創刊，1949 年 1 月 8 日改由第四野戰軍特種兵政治部主辦）、《炮兵報》（第四野戰軍第 40 軍）、《保衛》（東北野戰軍高射炮三團）、《戰車》（師直版，1949 年創刊，第四野戰軍特種兵戰車師政治部）、《坦克手》（東北野戰軍特種兵司令部戰車一團）、《坦克手》（東北野戰軍特種兵司令部戰車四團）、《鋼甲報》（東北野戰軍特種兵司令部戰車五團）、《人民騎兵》（東北軍區內蒙古軍區，1949 年 4 月，朱德題寫報頭）等報刊。

人民解放軍鐵道部隊出版報紙的多次變更報名。1948 年 3 月，東北民主聯軍護路軍創刊《護路報》。1948 年 10 月 15 日，東北人民解放軍鐵道縱隊政治部同時出版《鐵軍》報和《鐵軍》報增刊。1949 年 8 月 13 日，改名《鐵軍報》，並改用毛澤東題寫的報頭。

2、解放軍後勤部門學校出版的報刊

解放軍後勤部門出版的報刊，主要有：《參戰工作》（冀魯豫軍區後方總

指揮部，1947年），《後勤導報》（東北民主聯後勤部政治部），《後勤》報（東北軍區後勤部政治部，1948年1月1日），《戰勤報》（華東軍區後勤部政治部，1948年10月6日），《西北後勤》報（西北軍區後勤部兼第一野戰軍後勤部，1949年4月3日），《後勤導報》（第二野戰軍後勤部政治部，1949年7月1日），《後勤生活》報（第四野戰軍兼中南軍區後勤部政治部，1949年9月20日），《後勤戰士》報（第四野戰軍兼中南軍區後勤部政治部，1949年9月12日），《後勤小報》（東北野戰軍炮兵縱隊後勤部政治部，1948年10月20日），《後勤生活》報（第四野戰軍第40軍），《後勤》報（第四野戰軍第47軍）等報刊。

解放軍衛生部門出版的報刊，主要有：《戰士衛生》（新四軍兼山東軍區衛生部，1946年3月1日），《醫院生活》（山東軍區渤海軍區後方醫院，1946年3月），《華中醫務雜誌》（新四軍華中軍區衛生部，1946年4月）《衛生前線》（華中軍區衛生部，1947年3月），《部隊衛生通訊》（晉冀魯豫軍區衛生部，1947年6月），《醫情通報》（晉察冀軍區衛生部，1947年），《衛生導報》（冀察熱遼軍區，1947年），《衛生建設》（華北軍區衛生部，1948年8月），《野衛生活》（華東野戰軍後勤部衛生部政治部，1948年），《衛生建設》（華北軍區衛生部，1948年8月），《華北醫刊》（華北軍區後勤部，1948年8月），《醫工通訊》（山東軍區衛生部，1948年9月），《野戰衛生》報（第四野戰軍兼中南軍區後勤部衛生部，1948年11月14日），《部隊衛生》（華東軍區、第三野戰軍衛生部，1949年12月30日），《中南衛生》報（第四野戰軍兼中南軍區後勤部衛生部），《醫務文摘》（第二野戰軍衛生部，1949年8月），《衛生戰線》（第40軍衛生部），《衛生通訊》（第42軍衛生部），《尖兵衛生》、《連隊衛生畫報》（第46軍衛生部），《革命衛生》報（第50軍衛生部），《衛生建設》報（湖北軍區衛生部）及《修養家庭》（華北軍區後方醫院，1948年1月），《生活報》（西北軍區第一後方醫院，1949年），《醫院生活》（西北軍區第五後方醫院，1949年），《醫院生活》（西北軍區第六後方醫院，1949年）和《榮軍工作通訊》（華東榮軍學校，1947年），《學習報》（華東榮軍總校，1948年6月7日），《榮軍報》（華東榮軍總校，1949年1月）等報刊。

解放軍學校出版的報刊，主要有：《人民軍隊》（晉察冀軍區幹部學校，1947年），《學兵通訊》（新四軍兼山東軍區學兵訓練處，1947年），《學習通訊》（晉綏軍區軍政幹校），《學習生活》報（第三野戰軍軍政幹校），《經驗往

來》（西北軍區軍政幹校，1949 年 9 月），《工兵生活》（東北人民解放軍工兵學校，1947 年 8 月 12 日），《炮校》（東北軍區朱瑞炮兵學校，1948 年 5 月 1 日），《炮兵生活》（西北炮兵學校，1949 年），《軍校生活》報（西北軍區軍政幹校，1948 年 8 月 11 日），《戰旗報》（華東軍區膠東軍區軍政幹校，1949 年創刊）等。

解放軍各大軍區按照抗日軍政大學模式，先後創辦的軍政大學陸續出版了《學習》雜誌（冀魯豫軍區軍政大學，1946 年 1 月），《軍政大學》（東北軍政大學，1946 年 9 月），《華北軍大》（1948 年 8 月 21 日），《學習生活》報（第二野戰軍軍事政治大學，1949 年初），《軍大建設》（華東軍政大學，1949 年 9 月 1 日），《華東軍大》雜誌（華東軍政大學，1949 年 11 月 5 日），《西北軍大》（1949 年）。

第三節　人民解放軍的電影業

戰爭年代的人民解放軍的電影業，有抗日戰爭的延安電影團和解放戰爭的華北電影隊兩個機構組成。解放軍電影人在非常簡陋的物質條件下，充分發揮人的主觀能動作用，深入部隊，衝上火線，拍攝了一批新聞紀錄影片。

一、延安電影團

（一）八路軍總政治部延安電影團

1938 年 8 月 18 日，八路軍總政治部電影團在延安成立，八路軍總政治部副主任譚政兼任團長，7 個專職工作人員中只有 3 個人從事過電影工作，分別是：來自上海明星影片公司的演員和編導袁牧之負責藝術指導，來自上海電通影片公司和明星公司的攝影師吳印咸，來自西北電影製片廠的攝影助理徐肖冰。袁牧之負責電影團的藝術指導（編導），吳印咸、徐肖冰負責電影團的攝影。1939 年以後，馬似友、吳本立、周從初、錢筱璋、程默等一些從事過電影工作的人員陸續調入。

1939 年秋，延安電影團成立了電影放映隊。剛從蘇聯學習回來的東北「抗聯」幹部余豐擔任放映隊隊長，負責組織及招收人員，開展放映工作。擁有攝影與放映兩支小型專業隊伍的八路軍總政治部電影團，到 1942 年後工作人員超過了 30 人。抗戰勝利後，八路軍總政治部延安電影團的主要人員離開延

安，奔赴東北，創建人民電影事業。

延安電影團的技術裝備極為簡陋，只有購買和從各方募集到的 2 臺攝影機、2 部電影放映機和 3 臺照相機，1 臺 1000 瓦汽油發電機、1 臺 300 瓦汽油發電機，1 臺 35 毫米的放映機，1 臺 16 毫米放映機，還有 1 臺用放映機改裝的 16 毫米印片機，「十幾盤 35 毫米底片和正片……一些 16 毫米膠片及藥品」。[1]拍攝電影後期製作的膠片沖洗、影片剪輯、影片合成等配套設備基本上處於空白狀態。2 臺攝影機中的 1 臺 35 毫米單鏡頭的埃姆手提式攝影機，是荷蘭著名紀錄片導演尤里斯·伊文思受當代歷史電影公司的委派，到中國拍攝關於抗日戰爭的大型紀錄片《四萬萬人民》時的慷慨饋贈。2 臺電影放映機中，1 臺 35 毫米放映機是周恩來 1939 年去蘇聯治病歸國時帶回。

（二）延安電影團拍攝的新聞紀錄片

延安電影團在極為簡陋的物質條件下，特別是受到非常有限的膠片的嚴重制約，拍攝了《延安與八路軍》《生產與戰鬥結合起來》《延安慶祝百團大戰勝利大會和追悼會》《延安各界慶祝辛亥革命 30 週年大會》《陝甘寧邊區第二屆參議會》《毛澤東同志在延安文藝座談會上》《延安各界紀念抗戰五週年》《秧歌運動》《延安群眾向朱總司令獻旗》《張浩同志出殯和喪禮》《延安各界慶祝十月革命二十五週年》《延安各界慶祝蘇聯紅軍成立二十五週年及反攻勝利大會》《邊區生產展覽會》《劉志丹同志移靈》《中國共產黨第七次全國代表大會》等 10 多部新聞紀錄片。

延安電影團 1940 年完成拍攝的第一部紀錄片《延安與八路軍》，因沒有電影後期製作設備，由袁牧之攜帶已經拍攝的膠片，前往蘇聯洗印和製作。1941 年 6 月，德國對蘇聯發動突然襲擊，洗印好的電影膠片來不及剪接與編輯，在向後方轉移過程中不慎遺失。

1　周從初：《艱苦奮鬥的延安電影團》，馬駟驥：《新聞電影——我們曾經的年代》，中國攝影出版社，2002 年版，第 13 頁。

圖 4-6　徐肖冰在百團大戰破襲正太鐵路戰場，1940 年[1]

（三）《生產與戰鬥結合起來》的攝製與放映

　　1942 年秋，延安電影團攝製的紀錄片《生產與戰鬥結合起來》，吳印咸主持拍攝，徐肖冰協助，周從初洗印，錢筱璋編輯並執筆撰寫解說詞。影片依次展現的主要內容有：毛澤東揮毫題寫「自己動手，豐衣足食」；「部隊向滿目荒涼的南泥灣進軍；戰士們風餐露宿，在荊棘叢生的荒蕪土地上艱難地開墾、播種，飼養牲畜，發展農牧業生產；農閒期間挖掘窯洞，修橋築路，發展交通運輸，建設工廠作坊，燒炭造紙，紡紗織布；秋天農業豐產豐收，一片欣欣向榮的景象，荒蕪的南泥灣變成了美麗富饒的陝北江南；戰士們豐衣足食，認真學習文化，緊張練兵習武，為打敗日本侵略者努力提高自己的戰鬥力。」[2]

1　《優秀戰地攝影記者徐肖冰辭世》，http://www.shafei.cn/center/news/news_200910_xxb.htm。
2　錢筱璋：《一部在延安誕生的影片——憶〈南泥灣〉的攝製》，http://www.cndfilm.com/20081229/105435.shtml。

　　延安電影團攝製《生產與戰鬥結合起來》，面臨的而又必須克服的困難之多難以想像。幾乎沒有可供使用的電影膠片和影片的洗印製作缺少必要的設備與保障條件，是最為嚴重的兩個困難。

　　延安電影團幾乎是在「巧婦難為無米之炊」的窘境開始拍攝。負片已經用完，僅剩下幾千尺過期的 16 毫米柯達正片。從電影膠片的性能上說，正片不能當作底片（負片）使用。吳印咸找來從事膠片洗印的周從初，商量研究怎麼使用正片進行拍攝。吳印咸根據多年的攝影經驗，探索正片的感光特性，盡可能地減少正片代替負片在性能上的缺陷，使用過期的正片拍攝的影片，畫面反差大、層次少，比預料的結果好得多。用 16 毫米的正片完成了影片《生產與戰鬥結合起來》的拍攝和拷貝，是延安電影團的一大創舉。

　　影片的洗印製作，從延河裏挑水洗片，將已經拍攝的幾千尺膠片，分切成幾百段二十尺長的小段，一段一段地分開顯影沖洗，並要保持洗出的每段膠片的色調濃淡一致，沒有編輯機，也沒有放大鏡，用一面鏡子反射光線，透過畫幅很小的 16 毫米影片，準確地看清每個畫面的內容和人的細微動作來選擇鏡頭，煞費眼力的確定影片的剪接點。硬是使用簡陋的工具、原始的方法完成了影片《生產與戰鬥結合起來》的後期製作。

　　影片的放映，讓無聲影片變成了有聲影片。延安電影團在放映《生產與戰鬥結合起來》時，使用借來的留聲機唱片和來放大機，一面放映，一面用擴音器進行解說和放唱片配樂。多年之後，徐肖冰在談起《生產與戰鬥結合起來》在延安放映的情景時仍然帶有強烈的自豪感，他說：「大家都被震動了，沒想到我們自己也能製作出電影來，還帶著聲音。放映時，我們把黨中央、八路軍和邊區政府的領導人都請來了，他們看得有滋有味，尤其是看到我們自己的戰士在南泥灣那麼艱苦的條件下能夠創造出這樣的奇蹟來，領導們大為高興。……毛主席對電影團的同志特別給以表揚，他說這是我們自己的電影，意義就更為重大。電影團更是群情振奮，對自己的作品寵愛有加，從此我們就可以自豪地說我們有了自己的電影。」[1]

　　《生產與戰鬥結合起來》1943 年 2 月 4 日在八路軍總政治部禮堂首映，連續在延安放映，反響熱烈。延安電影團放映隊用小毛驢馱著放映機、手搖發電機、留聲機和唱片、放大機等器械，走遍了陝甘寧邊區，一個團一個團

1　侯波、徐肖冰口述，劉明銀整理：《帶翅膀的攝影機》，北京大學出版社，1999 年版，第 134 頁，轉引方方：《中國紀錄片發展史》，中國戲劇出版社，2003 年版，第 100 頁。

地挨著給部隊放映。「放映完了，就有政委上臺講話，說看人家三五九旅的勁頭，我們也要趕上去」。[1]

二、華北電影隊

（一）晉察冀軍區政治部攝影隊

晉察冀軍區政治部攝影隊（簡稱華北電影隊），1946 年 10 月 15 日成立於河北淶源。隊長汪洋，攝影師是從蘇聯電影學院畢業回國的蘇河清。1947 年冬，延安電影團攝影師程默前往東北路過解放了的石家莊，加入華北電影隊。晉察冀軍區曾經設想在張家口建立電影製片廠，晉察冀畫報社成立了電影科，東北電影製片廠撥出重要器材的三分之一和少量技術人員給予支持。放棄張家口後，華北軍區政治部領導成立了攝影隊。

華北電影隊的人力、物力有限，在拍攝電影的製片工作很難開展的情況下，發揮高度的熱情和創造性，克服了種種困難，使用手工作業方式攝製新聞紀錄影片。他們把大部分機器設備藏在山洞裏，將電影後期製作必要的洗印、錄音等設備，裝在一輛兩匹牲口拉著走的膠輪大車上，和戰鬥部隊一樣，隨時隨地的移動。華北電影隊因此被譽為「大車電影製片廠」。1949 年 8 月，中央電影局局長袁牧之在新聞紀錄電影工作總結會的報告中稱：華北電影隊「從三里外挑水沖片子，天氣熱，大家就用扇子扇片子，錄音要靠摩托車發電，拷貝機用舊的攝影機代替，不能調光，沒有自動回轉。所有的這一切，唯一的辦法只有用手來解決困難」。[2]

1947 年 11 月，石家莊解放，華北電影隊終於有了可以穩定製作影片的固定廠址。1948 年 3 月，華北軍區政治部領導成立了石家莊電影製片廠。1949 年 4 月 24 日，在北平軍管會接管的「中電三廠」的基礎上，東北電影製片廠新聞片組和華北軍區合組而成的北平電影製片廠成立。華北電影隊根據華北軍區的指示，保留放映隊，多數人員攜帶影片製作設備轉入北平電影製片廠（10 月 1 日改名北京電影製片廠）。

（二）華北電影隊攝製的紀錄片

華北電影隊攝製了 2 部新聞紀錄片。《自衛戰爭新聞》第一號（又稱《華

---

1 錢筱章：《關於影片南泥灣》，《中國電影》，1958 年 7 月號，轉引方方：《中國紀錄片發展史》，中國戲劇出版社，2003 年版，第 102 頁。

2 袁牧之：《關於解放區的電影工作》，www.cndfilm.com/20101124/105112/.shtm。

北新聞》第一號），有《鋼鐵第一營授旗式》《解放定縣》《正定大捷》《向勝利挺進》4 個主題。《自衛戰爭新聞》第三號，報導了清風店戰役和石家莊戰役。拍攝的《晉中戰役》《濟南戰役》《淮海戰役》等新聞素材，1949 年 7 月被北平電影製片廠用於《解放太原》和《淮海戰報》短紀錄片之中。

華北電影隊住在剛解放的石家莊南兵營，把拍攝的素材洗印編製紀錄片《自衛戰爭新聞》，由抗敵劇社音樂組長張非配音解說。在部隊放映，受到野戰軍首長和廣大指揮員的熱烈歡迎。1949 年 3 月初，解放石家莊的影片在人民禮堂上映，場場爆滿，盛況空前。

第四節　人民解放軍的通訊業

人民解放軍的通訊業，是中共新華通訊社的軍事新聞採集和發布系統。新華社的野戰分社、部隊分社，它的誕生，以中共主辦的報社和新華社派出的隨軍記者、組建的前線野戰分社和野戰部隊組建的「記者團」為組織淵源；它的名稱演變，反映了人民解放軍在各大戰區的艱苦轉戰；它的發展壯大，伴隨著解放戰爭波瀾壯闊的勝利進程及人民軍隊由弱變強的歷史性發展。

一、納入部隊編制的前線分社

（一）新華社晉冀魯豫野戰軍分社

1、晉冀魯豫野戰軍前線記者團

1946 年 7 月 14 日，晉冀魯豫野戰軍指揮部成立。同月中旬，新華社晉冀魯豫前線記者團成立，22 人來自晉冀魯豫《人民日報》、新華社晉冀魯豫總分社和中共冀魯豫區委機關報《冀魯豫日報》等，齊語為負責人，配備電臺。

2、前線記者團改為野戰軍分社

1947 年 7 月下旬，晉冀魯豫前線記者團改建為新華社晉冀魯豫野戰軍分社（亦稱鄂豫皖野戰分社），由 27 人組成，社長李普，副社長謝文耀。為了保密，新華社晉冀魯豫野戰軍分社採用代號，是晉冀魯豫野戰軍政治部第五排，社長、副社長是正、副排長。

（二）新華社華東野戰軍前線分社

1、華東野戰軍前線分社的組建

1946 年 6 月底，新華社淮北前線分社（即山東野戰軍前線分社）成立，

山東野戰軍政治部宣傳科科長康矛召兼任社長，副社長戴邦。7 月至 8 月，華中野戰軍發起蘇中戰役，新華社華中總分社成立了依然屬於新華社編製序列的華中野戰軍前線分社。

1947 年 1 月底，華東野戰軍前線分社正式組建，社長康矛召，副社長鄧崗。半年後，華東野戰軍分兵作戰，華東野戰軍前線分社隨華東野戰軍主力部隊出擊外線，轉戰中原，堅持內線作戰的山東部隊（亦稱東線兵團）和留在蘇北作戰的部隊（亦稱蘇北兵團），分別成立了以陳冰、徐進為社長的東線兵團分社、蘇北兵團分社。

1947 年 10 月，新華社華東野戰軍前線分社擁有正副社長、正副主任、編輯、記者、報務等工作人員 30 多人，轄 9 個縱隊支社。華東野戰軍前線分社所屬的縱隊支社，一般配備 2 至 3 名編輯和 3 至 5 名記者，有的配備了攝影記者，配備相當充實的無線電臺和年青力壯的報務人員。

2、華東野戰軍前線分社的總結

新華社總社副總編輯陳克寒根據新華社總社的派遣，在 1947 年的 9、10 月間，到達魯西南前線，實地考察和總結華東野戰軍前線分社的工作，撰寫考察報告。新華社總社加編者按將陳克寒提交的華東前線分社工作考察報告轉發各地總分社和野戰分社，新華社總社在按語中指出：華東前線分社的考察，對各野戰分社的工作，有很大參考價值，盼吸取其好的經驗，加強軍事報導。

華東野戰軍前線分社落實「立足本軍，面向全國」口號的具體做法：第一，根據本軍當前的任務，以及總社和總分社全國宣傳的意圖，來確定各時期宣傳的方向和重點，布置和組織宣傳報導。第二，戰時報導戰役和戰鬥，代表本軍對外宣傳，以滿足全國宣傳要求為主。同時，照顧部隊的實際情況，服從本軍的軍事要求和利益，平時報導部隊的整訓工作，為部隊中心工作服務，以提高部隊的思想和技術，也由此提煉許多有全國意義的新聞。第三，在火線附近出版捷報，利用電話宣傳棚、包紮所的聯繫，瞭解火線上的情景，戰鬥的進展，報導技術上的創造和英雄主義的事蹟，立時刊登出來，轉送火線，進行鼓動，新聞活動直接地成為火線的政工活動之一；同時，在火線宣傳工作中，逐漸積累材料，寫作對外宣傳新聞。第四，將本軍和總社廣播的重要新聞、文章，編成新聞提要，播發部隊，作為時事和政治教育材料。華東野戰軍前線分社的工作經驗，對其他戰區人民解放軍的新華社野戰分社、支社的建設，有積極的指導和示範作用。

二、成建制設置新華社軍事分社

（一）關於部隊野戰分社的規定

1、反攻部隊分社的任務和組織

1947 年 8 月 10 日，新華社總社發出《反攻部隊野戰分社工作條例（草案）》，對反攻部隊野戰分社的組織體制、主要任務、工作方式、下設機構等作出了規定，「經部隊首長或野政同意後施行」。條例指出「前線反攻部隊設立隨軍野戰分社」，反攻部隊野戰分社是所在部隊政治部的一個組成部分，受部隊首長或由部隊首長指定若干人員組成的報導委員會負責領導，並決定其人員編制、工作分工，由政治部實施行政、供給、生活等管理，業務上接受新華社總社直接領導，野戰分社人員調作其他工作，須經政治部及新華社總社同意。條例明確規定反攻部隊野戰分社的三項工作任務：第一，負責前線軍事報導，在戰地地方通訊工作未建立前，兼顧並協助報導地方情況與工作。第二，與部隊報紙共同努力建設部隊通訊工作，培養部隊新聞幹部，使軍事宣傳工作成為群眾性活動。第三，開闢戰地地方新聞工作，建立新解放地區的地方報紙與新華社總分社。可按具體情況在各個縱隊逐步設立支社，在支社未建立前，每一縱隊至少應派遣一個記者隨縱隊行動，成為各縱隊報導工作的中堅。野戰分社得配備 1 臺至數臺無線電，並逐步做到各縱隊支社或派遣記者設置專門的新聞電臺。野戰分社人員經部隊首長或政治部許可，可以列席有關會議和閱讀有關文件。新華社總社的指示與部隊首長、政治部或部隊報導委員會意見有分歧時，按後者意見執行，須立即報告新華社總社。[1]

2、建立野戰分社改進戰報發布

1948 年 6 月 24 日，中共中央軍委、中宣部聯合發出《關於建立野戰兵團新華分社、改進發布戰報辦法的指示》。

指示要求必須改進很多戰報發得很遲的現象，重申各野戰兵團均須成立新華分社，尚未成立者由各總分社負責於短期內選派可靠的適當的人員建立，在未建立前先指派專門、合格記者與總分社聯絡。各野戰兵團分社的工作，由總分社與野戰兵團首長共同領導，一般通訊工作主要由總分社管理，戰報的發布（戰報內容、發布方法與發布時間）必須由各野戰兵團首長完全

---

[1] 《反攻部隊野戰分社工作條例（草案）》，新華社新聞研究部：《新華社文件資料選編》第 1 輯（1931～1949），第 186～187 頁；新華通訊社史編寫組：《新華通訊社史》第 1 卷，新華出版社，2010 年版，第 351～352 頁。

負責管理，前線分社的一般新聞均經總分社發往總社，重要戰報由分社直發總社，以求及時廣播。

（二）解放軍統一軍事通訊機構

1、關於野戰軍新華社的規定

1949 年 3 月 5 日，爲適應人民解放軍編製序列的調整，中共中央軍委、總政治部和新華社總社聯合發出《關於野戰軍各級新華社名稱、任務的規定》。規定指出：

鑒於各野戰軍新聞業務發展的需要，特別是南征後各野戰軍在廣闊的新區分散作戰的需要，現有各野戰軍新華分社應即擴充爲野戰軍總分社，各兵團設分社，軍設支社。

各野戰軍總分社應與有關的地方總分社保持必要的聯絡，在報導工作上密切配合，互相主動合作；野戰軍總分社與兵團分社、軍支社進入新區，在地方分社未建立前，同時負責地方的報導工作，並幫助建議地方通訊工作。

2、形成三級軍事新聞通訊網

1949 年 3 月至 5 月，人民解放軍各野戰軍執行中共中央軍委、總政治部和新華社總社的聯合規定，完成了對新華社各野戰分社的調整。西北野戰軍野戰分社、中原野戰軍野戰分社、華東野戰軍野戰分社和東北野戰軍野戰分社，分別擴建爲第一野戰軍、第二野戰軍、第三野戰軍和第四野戰軍總分社，形成了由野戰總分社、野戰分社和野戰支社組成的軍事新聞通訊網。

第五章 共產黨的軍隊新聞業（二）

第一節 土地革命戰爭中的《紅星報》

　　《紅星報》是土地革命戰爭時期中華蘇維埃中央革命軍事委員會機關報，文章短小精悍，通俗樸實，版面活潑，文圖並茂，有著很強的戰鬥性和指導性。《紅星報》近 4 年的出版，可分爲江西瑞金（1931 年 12 月 11 日至 1934 年 10 月）和長征途中（1934 年 10 月至 1935 年 8 月）前後兩個階段。

一、《紅星報》在江西瑞金

（一）《紅星報》的出版與發行

　　《紅星報》，1931 年 12 月 11 日創刊於江西瑞金。已知在中央根據地江西瑞金共出版 124 期。一般爲 4 開 4 版，有時爲 2 版或 8 版。1933 年 3 月 3 日出版的第 31 期前爲毛邊紙鉛印，同年 3 月改出 32 開本油印。1933 年 8 月 6 日改版，恢復爲 4 開 4 版鉛印，重新排列報紙出版序號。初爲 5 日刊，實爲不定期刊，短則 2 天、長則 15 天出版一期。1933 年 10 月 22 日，增出不定期的 32 開本或 8 開鉛印《紅星附刊》，系統介紹蘇聯紅軍政治工作經驗，報導紅軍的各項工作經驗。三五個工作人員，建立了 500 多人的通訊員隊伍，周恩來、博古、洛甫、毛澤東、朱德、陳毅、聶榮臻、王稼祥等中共中央、中革軍委和蘇維埃政府的領導人爲之撰稿。中央革命軍事委員會印刷所承印。

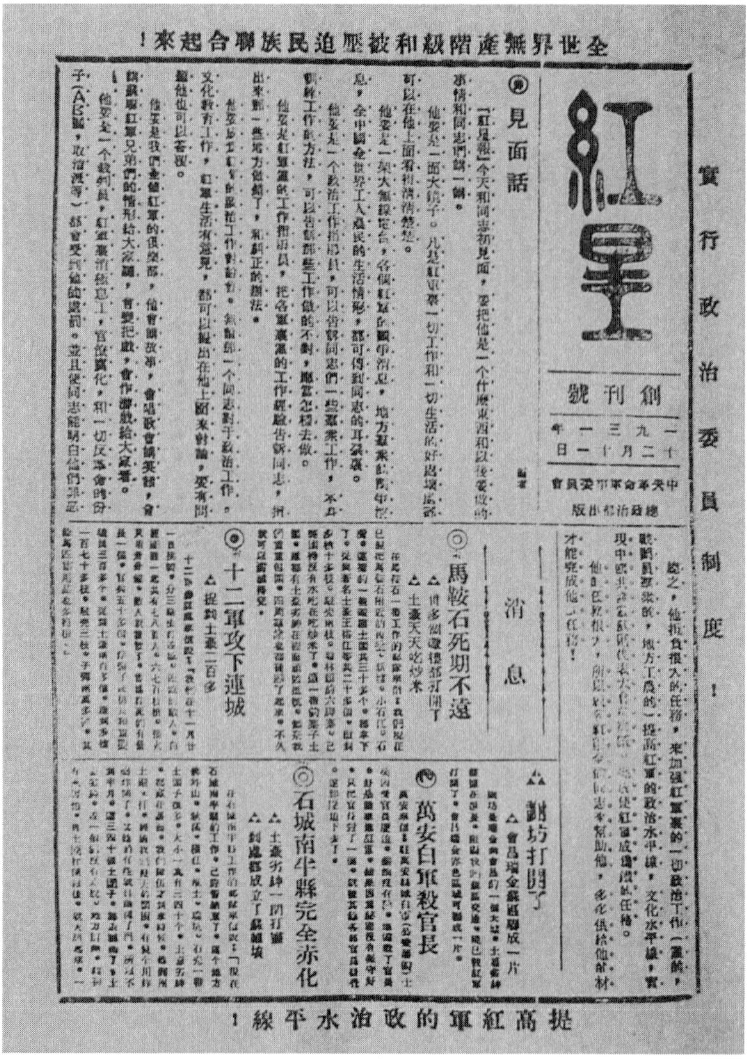

圖 5-1 《紅星報》創刊號第 1 版，1931 年 12 月 11 日[1]

　　《紅星報》以紅軍指戰員為主要讀者對象，同時面向根據地的黨政機關幹部和民眾發行。對部隊的發行工作，由總政治部及 1933 年設立的出版發行科負責，設在江西瑞金縣城的工農紅軍書局經營報紙銷售業務。每期報紙，訂閱大洋 3 釐，零售銅元 1 枚。[2]增出的《紅星附刊》隨報附送。1933 年 9 月 17 日，為擴大發行渠道，增加發行量，《紅星報》刊登啓事，要求通信員應負

1　張挺、王海勇：《中國紅色報刊圖史》，山西出版集團‧山西經濟出版社，2011 年版，第 54 頁。

2　程沄：《江西蘇區新聞史》，江西人民出版社，1994 年版，第 58、168 頁。

推銷之責，爲突破兩萬份而奮鬥。同年底，在中央根據地發行 1.73 萬份。[1]

（二）《紅星報》的任務與欄目

發刊詞《見面話》，用「大鏡子」、「大無線電臺」、「政治工作指導員」、「政治工作討論會」、「俱樂部」、「裁判員」來比喻自己所承擔的工作職能，以「完成使紅軍成爲鐵的任務」。

《紅星報》的內容豐富，設有「社論」、「論文」、「要聞」、「專電」、「捷報」、「前線通訊」、「黨的生活」、「支部通訊」、「革命戰爭」、「新的工作方法」、「擴大紅軍」、「紅星號召」、「響應號召」、「紅軍生活」、「紅軍家信」、「群眾工作」、「列寧室工作」、「讀報工作」、「自我批評」、「紅軍紀律」、「法廳」、「軍事測驗」、「問題徵答」、「軍事常識」、「衛生常識」、「小玩意」、「詩歌」等 20多個欄目和文藝副刊《俱樂部》，形式活潑，文字淺顯，配以漫畫和插圖，版面活躍，被紅軍指戰員讚譽爲革命戰爭的號角。

二、《紅星報》在長征途中

（一）長途跋涉艱苦奮鬥

1934 年 10 月 10 日，中央紅軍啓程進行戰略轉移，主編陸定一帶著 4 個人組成的《紅星報》編輯部隨軍長征。2 個人用扁擔挑著 4 個鐵皮箱，裝著一臺鍾靈牌油印機、幾盒油墨、幾筒奧國蠟紙、兩塊鋼板、幾支鐵筆和一些毛邊紙等辦報的全部家當。11 月 27 日，突破國民黨軍的湘江封鎖線，扔掉了太重的油印機，換了一個手滾油印機，輕裝前進。主編一邊行軍一邊構思稿件，一到休息或宿營的時候，趕緊動筆寫稿。沒有房子、桌、椅時，就用鐵皮箱當桌子，背包當凳子。負責油印的人先睡覺，等趙發生刻好蠟版再起來趕印報紙。刻蠟版的鋼板、蠟紙和印報的紙張，在長征路上不斷加以補充。已知《紅星報》在長征途中共出版長征專號 28 期。

（二）傳達號令指導部隊

在江西瑞金出版的中華蘇維埃共和國臨時中央政府機關報《紅色中華》沒有隨軍進行戰略轉移，長征途中堅持出版的《紅星報》，在事實上擔負了黨報和軍報的雙重使命，成爲了中共中央和中革軍委共同的喉舌。

---

1 毛澤東：《蘇維埃文化教育的方針和任務》，《毛澤東新聞工作文選》，新華出版社，1983 年版，第 34 頁。

　　《紅星報》在長征途中，及時傳達中共中央的戰鬥號令，完整地記載了紅軍長征戰略目標的變遷，簡要地報導了遵義會議，較詳細地報導了紅軍強渡烏江、攻佔遵義、搶渡大渡河等戰役，鼓舞了廣大指戰員的鬥志，加強了軍隊內部團結，密切了軍民關係，推動部隊完成各項戰鬥任務，在指導部隊勝利完成偉大的戰略轉移方面發揮了重要的指導作用。

第二節　南北征戰的《戰士報》

一、土地革命戰爭中的《戰士報》

（一）《戰士報》誕生於井岡山

　　1930 年，《戰士》報創刊於江西井岡山，紅一軍團政治部主辦。「據一些老紅軍回憶，《戰士》報在井岡山時期，一期沒有中斷過出版。可惜這一時期的《戰士》報，沒有保存下來。」[1]軍團政治部宣傳部部長張際春兼任主編。4 開 2 版，手刻油印，不定期出版，發至連和相當于連的基層單位。由於缺乏紙張，印報所使用的紙張有紅、綠、白等不同的顏色。

　　1931 年底，紅一軍團政治部創辦《戰士》（副刊），油印，半月刊，蕭向榮、舒同等為主要編者和作者。主要刊載社論、政治消息、論文、實際工作經驗與教訓、文藝、批評和問答等 7 個方面的內容。出版至第 17 期，改革版面，充實內容。[2]1935 年 9 月至 11 月初，一度以「中國工農紅軍總政治部」的名義出版。

（二）《戰士》報的長征報導

　　紅一軍團政治部在戰鬥異常頻繁、環境異常險惡的長征途中，堅持出版《戰士》報、《戰士》（副刊）和創辦《戰士》（快報）。1935 年 9 月 17 日，紅一軍團取得了臘子口戰鬥的勝利，9 月 20 日出版的《戰士》（快報）即加以報導。1935 年 5 月 26 日第 184 期《戰士》報，使用大字標題《向「牲部」（即紅一團）全體指戰員致敬禮》，報導了紅一團 5 月 25 日晚強渡大渡河的英雄事蹟。第 186 期《戰士》報，在《我們鐵的紅軍無堅不摧戰無不勝的勇猛精神

1　廣州軍區政治部戰士報社：《〈戰士報〉80 年》，新華出版社，2010 年版，第 4、6 頁。

2　廣州軍區政治部戰士報社：《〈戰士報〉80 年》，新華出版社，2010 年版，第 4、6 頁。

掃平一切當前敵人》的大欄題下，刊登了《大渡河沿岸勝利的總結》，詳細報導「牲部」強渡大渡河的 17 名勇士、5 名特等射手的事蹟，「勇部」（紅四團）田灣大捷及奪取天險瀘定橋等戰蹟。

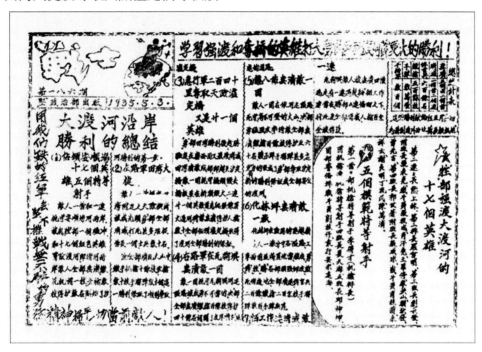

圖 5-2　《戰士》報第 186 期，1935 年 5 月 3 日[1]

　　在中共中央政治局舉行瓦窯堡會議期間，1935 年 12 月 30 日《戰士》報出版了第 206 期，在第 3 版的版邊刊印了類似對聯的詞句：「戰勝白軍團匪衝破無數重圍打坍敵人四百零十團」，「歷盡險山惡水踏過十一個省長征行程兩萬五千里」。使用第 1、第 2 兩個版刊登了軍團政治部主任朱瑞撰寫的長篇政論《艱苦的一年——偉大的一年》，朱瑞在文中自豪地宣告：

　　　　這一年，我們經歷了閩、贛、粵、湘、桂、黔、滇、川、康、
　　　　甘、陝十一個省，三百六十餘天，行程二萬五千里。這一年，我
　　　　們擊潰了十幾個省的數十萬白軍、民團、土匪與反動武裝的阻截
　　　　與圍攻。這一年，我們佔領了大小五十四座城市，籌款近百萬元，
　　　　擴軍四千多名，建立了數百處地方黨組織和蘇維埃政權，武裝了

1　劉建新、雷銘劍：《對〈戰士報〉的歷史沿革考證》，news.xinhuanet.com/mil/2010-07/23/content_13903799_1.htm。

革命群眾。

　　我們以一雙腳，一枝槍，百戰百勝的身軀，完成了人類空前偉大艱苦神聖勝的遠征！

　　金沙江奔騰於後，大渡河橫梗在前，整個反動或墨在酌酒相慶，在詛罵我們將像石達開一樣的覆亡！真的嗎？不……紅軍，只有紅軍，是永遠在千百萬勞苦工農群眾的心田中和擁護下，只有紅軍是百戰百勝與無堅不可摧，所以我們始終能以十七個英雄，出生入死奪取大渡河的渡河點安順場，日夜行軍二百四十里，以二十二個英雄取得大渡河的瀘定橋！是的，「足可疲，身可勞，衣服可燒，頭顱可掉，什麼都不要，只要瀘定橋！」我們的戰號，響徹了大渡河谷！……我們在黨的正確領導下艱苦奮鬥——我們戰勝了皚皚的雪山與茫茫的草地，我們身體雖然弱，但我們的意志是鐵是鋼！我們沒有東西吃，可以吃青稞以至野菜青草，我們走不動就爬，爬到最後一口氣也要跟著黨！我們戰勝了困難，我們也將戰勝機會主義的張國燾！……

　　一年過去了，我們流出的汗水和鮮血，將在廣大南中國與西北的土地上，盛開繁榮的蘇維埃之花。[1]

　　紅一軍團第1師3團政委蕭鋒，在1936年1月1日的日記中寫道：朱瑞主任的這篇文章《艱苦的一年——偉大的一年》，「確實說出了我們的心裏話。我們團幾個領導研究後，決定由政治處通知各營、連隊認真學習座談。」[2]

二、抗日戰爭中的《戰士報》

（一）《戰士報》在山東敵後戰場

　　全面抗戰期間，《戰士》報由紅一方面軍第1軍團與第15軍團及陝南紅軍第4師合編的八路軍第115師出版。1937年8月，原紅1軍團的《戰士》報遂為八路軍第115師機關報。[3]1939年1月，挺進山東的八路軍第115師師部及686團到達晉東南八路軍總部駐地屯留附近，前來看望的八路軍總司令

---

1 黃河、張之華：《中國人民軍隊報刊史》，解放軍出版社，1986年版，第65～66頁。
2 蕭鋒：《長征日記》，上海人民出版社，2006年版，第131頁。
3 廣州軍區政治部戰士報社：《〈戰士報〉80年》，新華出版社，2010年版，第1頁。

朱德，應師政委羅榮桓之邀爲《戰士》報題寫報名。[1]

　　第 115 師出版《戰士報》，開始用的是油印機，轉移時一副扁擔挑著就走。1941 年上半年，第 115 師依靠羅榮桓政委想方設法從魯西搞到一部手搖鉛印機，在山東省濱海區莒縣一個偏僻的山村建立印刷廠，《戰士》報從油印改爲鉛印 4 版週報，第 1 版是社論、政令、戰報及國內外重要消息，第 2 版是部隊新聞、通訊及地方新聞，第 3 版是工作總結，第 4 版爲副刊，主要刊發戰鬥故事、文藝通訊、詩歌、戰士習作、謎語等。給作者發微薄的稿費以茲鼓勵。11 月上旬，到山東抗日根據地探訪的德國記者漢斯·希伯，根據自己親身的經歷，在《戰士》報發表《無聲的戰鬥》，眞實地記述了當月 5 日夜，羅榮桓鎭定自若地指揮第 115 師師部、中共中央山東分局、山東省戰工會和黨校 2000 多人，未發一槍一彈，未有一人傷亡，在沂蒙山區留田村，從 5 萬多日僞軍設置的封鎖線中穿行而出，寂靜地突出重圍。

　　1943 年 3 月 12 日，八路軍第 115 師與山東軍區、山東縱隊合編，成立新山東軍區。5 月，5 日《戰士》報暫行停刊，以 32 開本的形式出版《戰士》雜誌，序號延續《戰士》報停刊時的序號。黨報委員會由羅榮桓（山東軍區司令員兼政委）、黎玉（軍區副政委）、蕭華（軍區政治部主任）、李作鵬（軍區參謀處長）、賴可可（宣傳部長）、梁必業（組織部長）、閻捷三 7 人組成，蕭華任書記兼戰士社社長，賴可可任副社長兼政治主編，李作鵬任軍事主編，軍政主編下設一位專職或兼職的編輯，掌管通訊和集稿工作。

（二）《戰士報》五百期紀念

　　《戰士》報出版第 500 期，第 115 師政治部在山東濱海區的一個山莊召開紀念會，政委羅榮桓、政治部主任蕭華到會講話。羅榮桓在《戰士》報發表文章《戰士報五百期紀念》，回顧與展望這張誕生於紅軍時期的報紙。《戰士報五百期紀念》全文如下：

戰士報五百期紀念

　　油印出版的戰士報，已經繼續了十來年歷史，恰當渡過 1941 年尾，迎接 1942 年新年的一期，是第五百期的發行，也正是要得到新的擴充與成就和正式改換鉛印出版的頭一期，這說明了不管敵人如何殘酷的舉行大規模掃蕩，並不能中斷我自力更生事業每一步的

1　廣州軍區政治部戰士報社：《〈戰士報〉80 年》，新華出版社，2010 年版，第 454～455 頁。

前進，戰士報將更以嶄新的姿態，高舉起鬥爭的火焰，照耀到各個戰場上掃射著敵人的瘋狂。

戰士報的存在是與我們這支富於繼承革命傳統的黨軍的壯大互相輝映著的，它是我們戰鬥的號角，指揮的刀鋒，它的名字老早就深印在部隊每個指戰員的心坎中，大家關懷它愛護它，如同自己生活中不可缺少的源泉，這是由於它從誕生開始即重視到一般的部隊生活具體的反映和解答，它對每一個戰鬥不但在政治上盡了鼓勵與組織的作用，還有更多的戰場活動，在提高軍事技能與戰術上，是有過它最大的努力，總之它與部隊生活和戰鬥，已經成為不可分離的關係，尤處在極端困難環境中，它為著黨的每一方針與艱巨任務，堅定了部隊鬥爭的決心和信念，它隨時留意到同居民關係的密切結合，鞏固了部隊紀律，這都是它一些重要的成就。但仍有不可忽視的弱點是簡單而煩瑣，尤不適合於今天處於敵後複雜環境與戰場分布非常遼闊的情況。因此在提出建設模範黨軍一年來，能改善了編輯內容，充實了篇幅，逐漸□[走]上了政治指導的報紙，引起了部隊幹部對理論時事問題學習的熱情，傳播了增強黨性及思想上的檢討更有重大意義。然而這還是不能說已經盡行了黨報的作用，無論在內容豐富與系統上，或印刷排版與發行上，都有缺點，一般的宣傳多過於生動的煽動，政治口號多於實踐的活動，長篇論文多過於具體工作，總結鬥爭經驗與發揮樸素切實戰鬥作風是不夠的，有待於今後的努力，□□□□□□……

1942 年是戰爭最緊張的一年，自太平洋戰爭爆發後，在全世界是侵略與反侵略兩大陣線對壘已經明朗化了，中國抗日戰爭進入到第六個年頭，而敵人是在更加野蠻兇殘的對佔領區實行進一步的殖民地化，掠奪物力、財力、人力，是與其大規模毀滅性質的掃蕩我抗日根據地並行的，這無非是保證其在太平洋擴大侵略戰爭之資源與側後安全，同時敵人在太平洋擴大侵略戰爭的部署，亦正是為了達到攫取整個中國的目的。因此不僅不放鬆對中國進攻，對佔領區與沿海一帶是更會實行其軍事的強化統治與經濟的壓榨，這是 1942 年我們在敵後堅持鬥爭應有的認識，我們是要以更加堅強的依靠群眾，開展廣泛分散的游擊戰，繁殖大量的人民武裝，堅持地力[方]

鬥爭，這不只是爲了熬過時間保存自己，而是達到爭取配合我們正面早日實行戰略反攻，與協同英美及一切遠東反侵略國家民族擊潰敵人最中心的環節，必須切實改變我們一切不好的作風，破除機關主義與迷醉於上層的不□□議論，我們根據地的建設更不是一種鋪張門面的工作，脫離戰爭的空談，要迅速執行精兵簡政的辦法，這將會提高我們戰鬥效力，與節約物力、財力、人力給那種虛僞的官僚化以組織上的壓迫。希望我們具有樸素切實戰鬥爲傳統作風的戰士報，站穩自己的崗位，支撐起戰鬥的旗幟。

戰士報自身要有大的改進，在編輯上要有計劃的去實現鬥爭的步調，不是臨時出版才搜集材料，必需有預定的算計，對問題的提出要有自己的研討，深切的接觸到問題的各個方面，粗枝大葉流水式的登刊不會起到報紙的作用，認眞培養部隊通訊員，密切的聯繫他們團結在自己的周圍，隨時注意對他們工作的指導，掌握鬥爭的環節。排版印刷與發行要有精確的組織管理工作，擱延時日散佈不出去即等於廢紙，浪費了人力物力，還要有引起整個部隊、全黨、全體政工人員發揚愛護與關懷報紙的運動，鋒利我們這一鬥爭武器繼續著邁進，與中華民族解放勝利齊輝。[1]

三、和平時期的《戰士報》

（一）《戰士報》在廣州恢復出版

1950 年 7 月 1 日，《戰士報》根據人民解放軍中南軍區兼第四野戰軍黨委的決定恢復出版。8 月 1 日，朱德爲《戰士報》題寫新的報頭。1955 年 4 月，改由廣州軍區政治部主辦。

1955 年，《戰士報》改出 8 開 4 版小報。1957 年 4 月 6 日，恢復爲 4 開 4 版。

（二）《戰士報》在改革開放之中

1992 年 12 月，戰士報社建立激光照排室。1994 年，戰士報社購置膠印設備，具備了自行照排、印刷能力。1995 年元旦，《戰士報》改由本報印刷廠自行印刷。1996 年，戰士報社印刷廠添置新的電子照排系統，實現社、

1 　羅榮桓：《戰士報五百期紀念》，《戰士》報（第 500 期）1942 年 1 月 8 日；原件中有的字句模糊，無法辨識，以「□」標示。

廠聯網。10 月 1 日,《戰士報》「長大了」,率先在全軍軍區、軍兵種報紙中由 4 開小報改爲對開大報。1999 年元旦,《戰士報》「長靚了」,率先在軍區軍兵種報紙中由黑白印刷改爲彩色印刷。2003 年 4 月 1 日,《戰士報》由周 3 刊改爲周 4 刊。2005 年元旦,由周 4 刊改爲周 5 刊。2009 年,《戰士報》建設的集新聞發布、內容採集、信息加工、在線評論、信息檢索等功能於一體的綜合網絡媒體平臺《戰士網》投入運行,實現了紙質媒體與網絡媒體並舉的新格局。1985 年 7 月 1 日至 1991 年 12 月,另行出版軍內外公開發行的《科學文化報》,介紹文化知識,培養兩用人才,報導經濟信息,介紹致富經驗。

2016 年 1 月 15 日,出版休刊號,發表休刊詞《永遠是戰士》,86 年的《戰士報》,共出版 11057 期。

第三節　從抗戰中走來的八路軍《抗敵報》

一、《抗敵報》與《抗敵副刊》

（一）晉察冀軍區的《抗敵報》

1937 年 12 月 11 日,晉察冀軍區成立後第 34 天和抗擊日寇首次圍攻勝利結束的前 10 天,《抗敵報》創刊於北嶽山區河北省五臺縣金剛庫村。任務是「要成爲邊區開展抗日救亡運動的宣傳者和組織者,它要代表廣大群眾的要求,反映和傳達廣大群眾鬥爭的實際情況與經驗,推動各方面的工作,教育群眾自己。但同時,它又從廣大群眾的推動與幫助中,得到本身的進步。它是群眾的報紙,它推動別人,同時也受到別人的推動;它教育別人,同時也受到別人的教育,就在這樣交互的推動與教育下,它才能夠有今天。」[1] 晉察冀軍區政治部主任舒同兼報社主任。石印,4 開,毛邊紙單面印刷。1938 年 1 月 20 日,《抗敵報》第 12 期以較新穎的面貌出版,訂閱者達千餘戶,發行 1500 份。

1938 年 3 月 5 日,日軍飛機轟炸晉察冀邊區軍政領導機關所在地阜平縣城,正在印刷中的第 24 期報紙連同一臺石印機被炸毀。抗敵報社隨邊區軍政領導機關轉移到五臺山東麓的大甘河村。3 月 24 日,《抗敵報》第 25 期在大

1　鄧拓:《〈抗敵報〉五十期的回顧與展望》,《鄧拓文集》第 4 卷,北京出版社,1986 年版,第 235～236 頁。

甘河村及海會庵寺廟復刊，仍爲石印，刷新版面，舒同重新題寫報頭，發行量增至 2400 份。《抗敵報》發表《本報重要啓事》，莊嚴宣告：「敵人雖然炸毀我們的石印機器，卻不能毀掉報社工作同志們堅決奮鬥的精神。現在，我們決以所有的力量，恢復擴大我們的抗敵武器——《抗敵報》，來回答敵人的殘暴進攻。」[1]

（二）晉察冀軍區的《抗敵副刊》

1938 年 1 月 24 日，《抗敵報》增出《抗敵副刊》。8 月，中共中央北方局決定將晉察冀軍區主辦的《抗敵報》移交地方，改爲 4 月成立的中共晉察冀省委的機關報。1940 年 11 月 7 日，晉察冀抗日根據地的《抗敵報》改名《晉察冀日報》。1948 年 6 月 15 日，晉察冀解放區的《晉察冀日報》和晉冀魯豫解放區的《人民日報》合併，組成「大黨報」，新出版的《人民日報》成爲中共中央華北局機關報暨代中共中央機關報。1949 年 8 月 1 日，《人民日報》由中共華北中央局機關報暨代中共中央機關報，正式成爲中共中央機關報。[2]

《抗敵報》交給地方後，《抗敵副刊》與《抗敵報》脫離，由晉察冀軍區繼續出版。

二、《抗敵三日刊》與《子弟兵》報

（一）晉察冀軍區的《抗敵三日刊》

1939 年 3 月 9 日，《抗敵副刊》改名《抗敵三日刊》。10 月底，日軍 2 萬餘人對晉察冀抗日根據地進行大規模「掃蕩」。抗敵三日刊報社編輯部處在游擊作戰的情況下，將石版印刷改爲油印出版。

1939 年 11 月，抗敵三日刊報社派出人員到前線部隊，以「軍區前梯隊政治部」的名義，出版了 10 期《抗敵三日刊（戰時特刊)》。

（二）晉察冀軍區的《子弟兵》報

1942 年 1 月，《抗敵三日刊》改名《子弟兵》。晉察冀軍區司令員聶榮臻說：「我曾給邊區的部隊起過這樣一個名字，叫做『子弟兵』，這個名字一直

---

1 晉察冀日報大事記編寫組：《〈晉察冀日報〉大事記》，群眾出版社，1986 年版，第6 頁。
2 盧文斌：《人民日報報系的歷史沿革（1937.12.11～1949.8.1)》，《新聞戰線》，2008 年第 2 期。

叫得很響。爲什麼要把邊區部隊稱爲『子弟兵』呢？當時是這樣考慮的：一是從邊區部隊的任務來講，它擔負著保衛祖國、保衛邊區，首先是保衛家鄉的任務，這樣的稱呼，使部隊擔負的任務和群眾的切身利益緊密結合在一起了；二是從它的組成部分來講，絕大多數是邊區人民的子弟，它同邊區人民有著自然的血肉聯繫和親緣關係；三是從抗日的統一戰線出發，既然是邊區人民的『子弟兵』，它就不單純是吸收某個階層的子弟，所有願意抗日的各個階層的優秀子弟都可以參加；還有一層意思，那時國民黨的反共頑固分子總是妄圖把我們的部隊從根據地擠跑，我們土生土長的人民子弟，扛起槍來保衛家鄉是理所當然的，它再想趕跑，當然是辦不到的。所以，我覺得『子弟兵』是個很好的稱呼，我們軍區創辦的《抗敵三日刊》，後來也改名爲《子弟兵》。」[1]

1948 年 2 月，《子弟兵》報在晉察冀軍區與晉冀魯豫兩大軍區合併前夕終刊。[2]

三、《華北解放軍》與《戰友報》

（一）華北軍區的《華北解放軍》

1949 年 8 月 1 日，《華北解放軍》創刊北京，華北軍區政治部主辦。朱德總司令題寫報頭，並爲創刊號題詞：「學習正規化，保衛國防」。鉛印 4 開 4 版，5 日刊。設置「時事解說」、「意見箱」、「問答」、「資料」等欄目，開闢《學習》《時事》《軍事知識》3 個副刊。另出《華北解放軍增刊》。1955 年 9 月 14 日終刊。

（二）北京軍區的《戰友報》

1955 年 10 月 1 日，《戰友報》創刊北京，4 開 4 版。設「黨的生活」、「團的生活」、「讀者來信」、「文化生活」、「優秀戰士」等欄。2001 年 1 月 1 日改出對開 4 版。2004 年 1 月 3 日，創辦週末版《軍營週末》。2016 年 1 月 15 日出版休刊號，發表休刊詞《敬禮！永遠的戰友報》。《戰友報》79 年，共出版9241 期。

---

1 聶榮臻：《聶榮臻回憶錄》，解放軍出版社，2007 年版，第 329 頁。
2 晉察冀日報大事記編寫組：《〈晉察冀日報〉大事記》，群眾出版社，1986 年版，第 310 頁；北京軍區政治部戰友報社：《不平凡的歷程——〈戰友報〉創刊 62 週年簡史》。

第四節　從抗戰中走來的新四軍《拂曉報》

一、《拂曉報》東征前夕創刊

（一）《拂曉報》的創刊號

1938 年 9 月 27 日，新四軍游擊支隊在有「小延安」之稱的河南省南部地區的確山縣竹溝鎮成立，「總共才三百八十七人」。[1] 9 月 29 日，新四軍游擊支隊在東征前一天創刊《拂曉報》，以催人奮進的戰鬥姿態呈現在讀者面前。

《拂曉報》創刊號，油印，3 版，第一版刊載《發刊詞》，第二、三版刊載《東進誓詞》《三大紀律八項注意》《人人都是戰鬥員，人人都是宣傳員》《行軍注意事項》《東進戰歌》。

游擊支隊宣傳科科長王子光兼任拂曉報社社長，樂於泓任總編輯，易和、單斐任編輯。游擊支隊司令員兼政委的彭雪楓提議成立的黨報委員會，由彭雪楓，張震（參謀長），蕭望東（政治部主任），岳夏（秘書長），譚友林（政治部副主任），王子光 6 人組成，主任彭雪楓。

（二）《拂曉報》的發刊詞

《拂曉報》發刊詞，向讀者宣示了自己的期許和承擔的任務，全文如下：

拂曉報——我們的良友

「拂曉」，代表著朝氣、希望、革命、勇敢、進取、邁進、有為，勝利就來的意思。軍人們在拂曉要出發、要進攻敵人了；志士們在拂曉要奮起、要聞雞起舞了。拂曉，催我們鬥爭，拂曉引來了光明。

我們的報紙，定名為「拂曉」，是包含著這些個嚴重而又偉大的意義的。

《拂曉報》出版了。她擔負著：

第一，要和我們的指揮員戰鬥員發生著血肉的關係，她指示我們方針，引導我們前進；她報告我們捷音，興奮我們戰鬥。同時她又能夠發表我們對敵人的怒吼，反映我們的日常生活。我們要做到——而且一定能夠做到：「拂曉離不開我們，我們離不開拂曉。」

第二，要和一切不正確的思想、意識、行為做無情的鬥爭。她

1　肖波：《埋頭苦幹及其他——深切緬懷〈拂曉報〉創始者彭雪楓將軍》，《新聞界》，1987 年第 1 期。

指點我們，她批評我們，她糾正我們，她說服我們，她是我們的密友，是我們的良師。我們要做到——而且一定能夠做到：「拂曉離不開我們，我們離不開拂曉。」

第三，要和廣大群眾，各個友軍，密切的團結起來，親愛的結合起來，堅決執行統一戰線，目標一致向著日寇、漢奸、托匪。她——「拂曉」，會指教我們如何與敵人進行軍事的鬥爭，領導我們如何與敵人進行政治的鬥爭，指示我們如何與敵人進行思想的鬥爭。同志們，「拂曉」使我們堅決、勇敢、堅苦果斷的和敵人作軍事的、政治的、思想的鐵面無私的鬥爭！我們要做到——而且一定能夠做到：「拂曉離不開我們，我們離不開拂曉。」

同志們，《拂曉報》的讀者們！我們要為著拂曉的——也就是我們的這些偉大任務而鬥爭！[1]

二、《拂曉報》艱難創業有成

（一）依靠捐款繳獲渡過難關

1939 年春天，新四軍游擊支隊經費困難，游擊支隊軍需處僅剩下 5 元錢，指戰員們每天生活的菜金都得不到保證，只得靠挖野菜度荒。彭雪楓將自己的坐騎賣掉，以維持部隊每人每天幾分錢的菜金。

同年 3 月，在地方工作的陳其五、康英調入《拂曉報》，兩人將自己平時節餘下來的 100 元錢捐給報社。4 月，著名學者、國民參政會參議員梁漱溟等一行 6 人，經豫皖蘇邊區根據地赴山東，參觀了拂曉報社，深為工作人員在十分艱苦的條件下兢兢業業地工作而感動，並為耳目一新的《拂曉報》擊節叫好，當梁漱溟得知報社經費困難時，遂捐款 100 元錢。另有 180 多人，共向報社捐款三四百元。不久，新四軍游擊支隊在永城消滅了漢奸兼土匪的「和平救國軍」李顏良旅，繳獲了一塊鋼板、幾支刻蠟紙鐵筆、幾罐油墨和一些油光紙，解了拂曉報社的燃眉之急。

（二）初步規范增加工作人員

《拂曉報》初創，出版時間、版面數量、內容位置等都不穩定。第 28 期開始，改用白紙兩面印刷，每期兩版，定期出版；第 34 期開始，每 3 天

---

1 程敀光、蘇克勤、郟德強：《彭雪楓全傳》，河南人民出版社，2008 年版，第 509 頁。

出版一期，4 開 4 版逐漸成爲出版常態，第 1 版是社論、要聞，第 2 版是本區新聞，第 3 版是國際時事，第 4 版是副刊。有按期的社論、新聞、副刊，抄收延安新華社、重慶中央社電訊，油墨顏色按期紅、藍、綠、黑不等，初具報紙規範出版的樣式。

1939 年 9 月，新四軍游擊支隊由淮上勝利回師，進駐渦縣城北的新興集，部隊人數由初建時 370 多人增長到數千人。《拂曉報》創辦週年之時，相應的增加專職工作人員，進一步確立專業化發展的道路。原附設在政治部宣傳科的《拂曉報》與之脫離，成立相對獨立的報社，王少庸任社長。調入辦過油印報《大家看》的陳陣、辦過《黎明報》的莊方、辦過《陣中日報》的康英（女），曾在開封辦過秘密刊物《反帝週報》的河南籍畫家李克弱也從延安來到報社，在開封辦過《反帝週報》的李波人擔任報社的第一任專職記者。有一定辦報實踐經驗的人員調入，徹底改變了一年前「三個半人」（兼任社長算半個人）辦報的狀況。

（三）讀者喜閱收費擴大發行

《掃蕩報》約從出版第 50 期開始，漸漸由對內轉向對外。第 63 期是 4 張 16 版的「七一」、「七七」紀念特刊，排版印刷較爲精彩，引起了部隊指戰員的愛好和社會上的注目。5 張 20 版的游擊支隊成立一週年及《拂曉報》出版一週年紀念特大號，藍底紅色套版新穎奪目，大家紛紛索閱。《拂曉報》在社會上，一傳十、十傳百地不脛而走。《拂曉報》不得已在報頭上注明「本報每份暫收紙張費 2 分」。第 64 期起執行「本報原係非賣品，如承索閱，每期暫收紙張費 4 分」的規定。隨著部隊和根據地擴大，社會索閱者日眾，每期印刷 1500～2000 份，仍應接不暇。[1] 自 1939 年 10 月起，拂曉報社創辦以「拂曉」命名的系列刊物，先後出版《拂曉增刊》《拂曉匯刊》《拂曉畫報》《拂曉電訊》《拂曉叢刊》《拂曉專刊》《拂曉文化》《拂曉木刻》等。

1939 年 11 月下旬，以李品仙爲首的國民政府安徽省當局，以《拂曉報》「內容荒謬，破壞抗戰，態度明顯」爲由，密令各縣對《拂曉報》加以「嚴密檢查扣留」。11 月 28 日，《拂曉報》發表《關於〈拂曉報〉被禁的聲明》，駁斥國民政府安徽省當局的攻擊謬論，堅定地表示堅持抗戰、團結、進步，

---

1 王克：《聞雞起舞——憶戰爭時期的〈拂曉報〉》，上海市新四軍歷史叢刊社：《喉舌與號角——新四軍和華中抗日根據地報刊史料集萃（下卷）》，香港語絲出版社，2004 年版，第 679 頁。

就要反對投降、分裂、倒退，本報命運寄託於廣大抗日將士和抗日民眾的同情與援助之上。

（四）成為工作母機孵化報刊

《拂曉報》先後由新四軍第六支隊（1939 年 12 月）、八路軍第 4 縱隊（1940年 7 月）、新四軍第四師（1941 年 1 月）主辦。1941 年 9 月 16 日，《拂曉報》分別出版「部隊版」和「地方版」。1942 年，《拂曉報》在反「掃蕩」期間，改出不定期的《反掃蕩快報》。[1]1943 年 1 月 1 日，《拂曉報》（地方版）與《人民報》合併，仍稱《拂曉報》，成爲中共淮北區委機關報。《拂曉報》作爲淮北路東抗日根據地抗戰報紙的先行者，除了事實上擔負著引領作用，還主動通過培訓報人，促進抗戰報刊的創辦。

1940 年春夏之際，拂曉報社舉辦第一期報人訓練班。在 2 個月的時間裏，彭雪楓（司令員）、吳芝圃（第 6 旅政委、豫皖蘇邊區參議會參議長）、蕭望東（政治部主任）、曹荻秋（中共豫皖蘇邊區區委宣傳部長）、王少庸（政治部宣傳部長）等部隊和地方領導輪流爲 18 名學員授課，講解中共的方針政策和新聞工作理論；拂曉報社工作人員向學員介紹自己的工作體會；莊方、單斐向學員們傳授油印技術。第一期報人訓練班結束後，中共豫皖蘇邊區區委的《群眾導報》、中共淮上地委的《淮上導報》，抗日軍政大學第 4 分校的《抗大生活》、安徽省永城的《永光報》、宿西的《宿風報》、懷遠的《曉報》、蕭縣的《實報》等 10 來種報刊陸續創辦。1941 年 10 月，拂曉報社舉辦了有 7名學員的第二期報人訓練班。結業後，有的學員「去辦淮北軍區報紙《鐵流》，後來這些同志成了《拂曉報・部隊版》的基幹力量。」[2]

三、《拂曉報》由油印改爲鉛印

（一）《拂曉報》油印技藝精湛

前 8 期《拂曉報》，「黑油墨，麻油調」，用「人家大便也不屑用的粗麻紙」刻印，印刷器材低劣，字跡十分模糊。「報紙傳到指戰員的手裏，卻落得怨氣載道，由於很多字看不清，讀一期《拂曉報》，實吃力得很。……讀者林欣才

---

1 肖波：《埋頭苦幹及其他——深切緬懷〈拂曉報〉創始者彭雪楓將軍》，《新聞界》，1987 年第 1 期。

2 王克：《聞雞起舞——憶戰爭時期的〈拂曉報〉》，上海市新四軍歷史叢刊社：《喉舌與號角——新四軍和華中抗日根據地報刊史料集萃（下卷）》，香港語絲出版社，2004 年版，第 681 頁。

說：『當時看到《拂曉報》，眞是又愛又恨。愛的是我們終於有了我們自己的報紙，恨的是它模糊一片。』」[1]

　　《拂曉報》油印出版，經過不斷摸索與創新，成爲新四軍油印報紙的傑出代表。曾是《拂曉報》記者，後任中國社會科學院新聞研究所副所長的戴邦，對於《拂曉報》克服諸多技術難題提高油印技藝進行總結，他說：「一是在蠟紙上按 5 號字體大小印成格子，統一行距、字距、標題和分欄的規格，形成了報紙型的版面；二是把蠟紙表面上的蠟抹掉，可以刻寫實體的標題字和插圖作畫；三是從順紋刻寫到不順紋刻寫，刻寫出多種不同的字體，特別是刻寫楷書字體的成功；四是蠟紙的挖補焊接技術的成功；五是自裝粗孔堅實的籮網，使印數大幅度增長；六是改用石印油墨，經調製過濾成爲細潤均勻的油墨，印出的字跡清晰明亮；七是幾張蠟紙統一寫字、作畫，分幾次用不同顏色的油墨套印；等等。這些油印技術上的革新，是《拂曉報》同志革命精神的體現，是革命報人一項歷史性的貢獻。」[2]

　　油印的《拂曉報》，「美觀大方，實際上可以說是一種精製的工藝美術品」，「和鉛印的報紙版面形式相似，它可以套印幾種色彩，可以製圖作畫，可以刻寫楷書、仿宋等大小不同的字體，可以描繪多種形式的花邊線條，可以印成 4 開報甚至對開大報；在印數上從幾十份、幾百份，最多可印 4000 多份。人們認爲這是一種奇蹟，有些人初看時簡直分辨不出是用什麼新式機械印刷出來的。在法國巴黎舉行的萬國報刊博覽會上，一位參觀者看了《拂曉報》，以爲這是最新式的印刷機用柯羅版印成的。」[3]

（二）《拂曉報》建廠改爲鉛印

　　使用更加先進的鉛印技術出版鉛印報紙，幾乎是每個油印報人的期待。1941 年 8 月，拂曉報社開始籌建印刷廠。向新四軍軍部和新四軍第 2 師印刷廠求援獲得支持，自己物色和培訓印刷技術工人，改革笨重的印刷設備和器

1　王克：《聞雞起舞——憶戰爭時期的〈拂曉報〉》，上海市新四軍歷史叢刊社：《喉舌與號角——新四軍和華中抗日根據地報刊史料集萃(下卷)》，香港語絲出版社，2004 年版，第 677 頁。

2　戴邦：《歷史性的創造——記淮北根據地的新聞印刷事業》，上海市新四軍歷史叢刊社：《喉舌與號角——新四軍和華中抗日根據地報刊史料集萃（下卷）》，香港語絲出版社，2004 年版，第 718 頁。

3　戴邦：《歷史性的創造——記淮北根據地的新聞印刷事業》，上海市新四軍歷史叢刊社：《喉舌與號角——新四軍和華中抗日根據地報刊史料集萃（下卷）》，，香港語絲出版社，2004 年版，第 717～718 頁。

材。經過 1 年半多的努力，拂曉報社印刷廠落成開工。1943 年 5 月 1 日，出版的《拂曉報》第 425 期改爲鉛印，4 開 4 版，3 日刊。爲了使印刷廠在戰爭環境中安全生產，拂曉報社除了有固定在陸地的印刷廠，還把印刷機器安裝上船、安裝在馬車上，在水面上隨意流動，在陸地上隨時移動。從出版鉛印報紙到抗戰勝利，拂曉報社印刷廠依託洪澤湖天然屏障，根據騎兵通信員遞送的稿件按期出報，沒有受到損失。

1943 年 11 月 1 日，《拂曉報》從第 485 期起改出 2 日刊。11 月至 12 月 16 日，淮北抗日根據地進行 33 天反「掃蕩」，拂曉報社大部分人員分散行動，或隨區鄉游擊隊和民兵打游擊，或到群眾中去「打埋伏」，《拂曉報》部隊版和地方版暫時停刊，僅有 3 人跟隨新四軍第 4 師指揮部一起行動，跳出敵人的包圍圈，出版不定期的《反「掃蕩」快報》。

四、《拂曉報》與彭雪楓

（一）彭雪楓能文能武

彭雪楓（1907～1944），河南省鎮平縣人。5 歲跟隨爺爺讀書識字。先後在津京中學就讀，品學兼優，加入中國共產主義青年團、中國共產黨。考入北京民國大學中文系，因學資昂貴被拒之門外。他奉組織的指示，在北京、天津、煙台、鎮江、上海等地從事秘密工作，並在《國聞週報》連載《塞外瑣記》《煙台紀行》等文。1930 年 5 月，來到中央根據地，歷任紅軍師政委、紅軍大校政治委員、江西省軍區政治委員、軍委作戰局局長、紅五師師長、陝甘支隊第二縱隊司令、八路軍總部少將參謀處長兼任八路軍駐太原辦事處主任和新四軍第四師師長兼政委等。

彭雪楓任紅二師政委創辦《猛攻》油印小報，擔任江西省軍區政治委員支持省軍區創辦油印小報《拂曉》。在《紅星報》發表《這樣的宣傳是要不得的》（劇評）、《團村戰鬥》等文，撰寫的《八角亭戰鬥的教訓》被紅軍總政治部紅星出版社 1934 年 3 月 31 日編印的《火線上的一年》收錄。

（二）是「不在編的編輯」

彭雪楓是《拂曉報》的創始人和領導者。他爲《拂曉報》命名，爲《拂曉報》題寫報頭，爲《拂曉報》撰寫發刊詞，《拂曉報》刊登的許多重要文章由他出題目並修改定稿。他給《拂曉報》寫稿累計達 40 多萬字，其中的《拂曉報——我們的良友》（1938 年）、《拂曉報的產生和壯大及其今後的方針》

（1939 年）、《賀拂曉報五百號》（1943 年），已經成爲《拂曉報》重要的歷史文獻。

　　彭雪楓作爲黨報委員會主任，對《拂曉報》呵護有加，熱心細緻地鞭策報人提高專業素質。他對拂曉報人說：「事實是報導的軀幹，現在我們報紙上，過多地追求所謂文藝性了。開口學生腔，描寫不切實際，枉自抒情，流於空泛；文字半文半白，尾巴上拖個云云，就是缺少活生生的事實，這一點應該改進。《古詩源》中說：將飛者翼狀，將文者且樸。我們寫文章還是樸素一些才好。所以應多用事實去教育鼓舞群眾，讀者看到事實，一目了然，作者就不必站出來演說一番了，事實勝於雄辯嘛！」拂曉報人接受彭雪楓的批評，在《拂曉報》第 5、6 期合刊「發表了《本報對同志們的希望》，檢討了創刊以來的缺點，要求大家用生動感人的事實，反映實際鬥爭生活的文章，並開闢了《我們的生活》專欄。」[1]

　　彭雪楓幫助報社購買油印機，對辦報所需的油墨、蠟紙、印機和紙張等，常採用軍事力量去獲得[2]；搜集敵後出版的油印報紙，作爲《拂曉報》改進提高的借鑒和參考；只要有空，就來報社和大家一起工作，批閱稿件，安排版面，選用字體，指導刻印，參加校對，他在搖晃著的微弱的燈光下校對的蠟板，從未發生過錯誤；工作再忙，也要擠出時間細心閱讀《拂曉報》，認眞地用筆圈出報紙版面上的錯字、別字和漏字。彭雪楓將看過的每一期《報曉報》保存下來，裝訂在一起，並在上面寫下五個大字「心血的結晶」。

　　張震從 1938 年至 1944 年的七年間以參謀長身份協助彭雪楓指揮作戰，親眼目睹了彭雪楓爲《拂曉報》而嘔心瀝血，他說：雪楓同志對於《拂曉報》，「幾乎從選稿一直到排版、印刷，均親自參與。……幾乎一日數趟，耳提面命，多方鼓勵。」[3]彭雪楓的嚴格督察，推動著拂曉報社工作人員養成了一絲不苟的工作作風。《拂曉報》社的同志們稱彭雪楓是「不在編的編輯」，彭雪楓則笑稱「我是你們的名譽社長」。淮北民眾在抗戰期間傳誦著這樣一句話：「彭師長有三寶，拂曉劇團騎兵團，還有一個拂曉報」。1946 年夏，《拂

1　張方和：《彭雪楓和〈拂曉報〉》，上海市新四軍歷史叢刊社：《喉舌與號角——新四軍和華中抗日根據地報刊史料集萃（下卷）》，香港語絲出版社，2004 年版，第 659 頁。

2　肖波：《埋頭苦幹及其他——深切緬懷〈拂曉報〉創始者彭雪楓將軍》，《新聞界》，1987 年第 1 期。

3　張震：《祝賀拂曉報》，《新聞戰線》，1958 年第 11 期。

曉報》（路西版）出滿第 100 期特地改名《雪楓報》，以紀念 1944 年 9 月 11 日在河南夏邑八里莊指揮戰鬥時犧牲的新四軍第 4 師師長彭雪楓。

五、《拂曉報》延續出版至今

（一）《拂曉報》部隊版隨軍赴朝參戰

1945 年 11 月，新四軍第 4 師政治部的《拂曉報》（部隊版），改由華中野戰軍第 9 縱隊政治部領導出版。1947 年 1 月，《拂曉報》（部隊版）恢復原名《拂曉報》，改由華東野戰軍第 2 縱隊政治部主辦。[1] 1949 年 2 月，華東野戰軍第 2 縱隊改編爲中國人民解放軍第 21 軍，《拂曉報》改由第 21 軍政治部主辦。

參加渡江戰役的第 21 軍，解放杭州，5 月 26 日進駐溫州。經溫州市軍管會批准，軍代表到民辦的溫州平報社印刷廠宣布：拂曉報社接收全部鉛字、鑄字機、四開印刷機及配件，並動員青年工人自願報名參軍。經審查批准，蔡成玉、楊文爽、葉錦榮等 13 名印刷工人和校對邵志誠參軍。由此從油印改爲鉛印的《拂曉報》，隨軍北上參加舟山戰役。[2] 1952 年 5 月 4 日停刊。

1953 年初復刊，隨中國人民志願軍第 21 軍出國抗美援朝，在朝鮮戰場的前線坑道裏出版，印刷工人楊文爽受傷。同年 7 月，朝鮮停戰。10 月，《拂曉報》停刊，印刷設備運回國內，大部分人員去華東軍區政治部報到，「分配到軍區報社工作」。[3]

（二）《拂曉報》地方版多次復刊至今

解放戰爭時期，在淮北解放區被國民黨軍侵佔期間，《拂曉報》（地方版）退入洪澤湖堅持出版。

中華人民共和國成立，《拂曉報》先後成爲中共安徽省宿縣地委和蚌埠地

1　據丁星所述：「1945 年 10 月，《拂曉報》改爲華中第七地委機關報，……以新四軍第四師 3 個團和永城起義部隊編成的化地中野戰軍第九縱隊，也辦了《拂曉報》，即原《拂曉報》部隊版。翌年初，九縱與山東野戰軍第二縱隊合併爲華東野戰軍第二縱隊，仍以《拂曉報》爲機關報，由宣傳部長張景華兼任社長。」丁星：《關於〈抗敵報〉〈拂曉報〉的補正》，丁星：《追尋鐵軍》，解放軍出版社，2011 年版，第 420 頁。

2　葉錦榮：《爲二十一軍印〈拂曉報〉》，中共溫州市黨史研究室：《廿一軍在溫州》，中共黨史出版社，2010 年版，第 390 頁。

3　葉錦榮：《爲二十一軍印〈拂曉報〉》，中共溫州市黨史研究室：《廿一軍在溫州》，中共黨史出版社，2010 年版，第 391 頁。

委機關報。在「文化大革命」中期的 1972 年 6 月停刊。1981 年 1 月 1 日復刊。現爲中共安徽省宿州市委機關報。

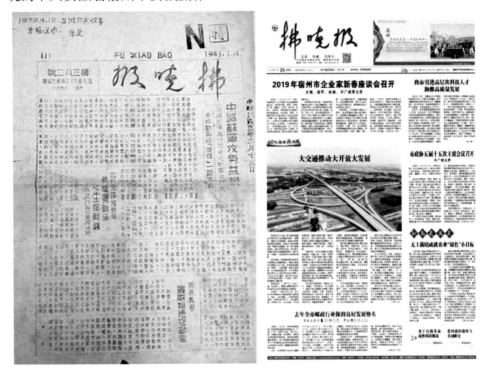

圖 5-3　《拂曉報》，1943 年 3 月 14 日和 2019 年 1 月 26 日第 1 版[1]

第五節　山溝裏走出的《晉察冀畫報》

一、晉察冀畫報社的成立

（一）敵後山溝成立攝影畫報社

　　1940 年，晉察冀軍區政治部開始籌建晉察冀畫報社。同年冬，日軍糾集數萬兵力殘酷「掃蕩」晉察冀抗日根據地，以報「百團大戰」之仇，剛剛有些眉目的畫報社籌建工作被迫暫停。1941 年 5 月，晉察冀畫報籌備組正式成立。

1　《捐贈 1943 年〈拂曉報〉及彭雪楓親筆詩》，http://fujian.hexun.com/2015-04-26/175311261.html；《拂曉報數字報》，http://www.zgfxnews.com/mp/fxb/html/2019-01/25/node_2.htm#。

1942 年 5 月 1 日，晉察冀軍區政治部晉察冀畫報社在河北平山支角溝正式成立。1937 年 8 月 15 日在《廣西日報》發表文章《攝影與救亡》、到華北敵後採訪八路軍並參加八路軍的沙飛，擔任畫報社主任（社長），副主任（副社長）羅光達，政治指導員趙烈，製版、印刷總技師何重生，擁有 100 多名員工。晉察冀軍區政治部新聞攝影科和軍區印刷社合併組建了這一攝影採編、印刷出版和領導全軍區攝影工作的專業機構。

為了保證安全，晉察冀畫報社由支角溝遷至西山更加隱蔽的碾盤溝，修復了被日軍燒毀了的房屋，利用牛羊圈改建車間廠房，在敵後抗日游擊戰的環境中，創建了一個較為完備的攝影畫報印刷廠。1942 年 7 月，《晉察冀畫報》創刊不久，日軍向根據地蠶食的據點推進到距碾盤溝 20 多里的滹沱河南岸。1943 年 2 月，晉察冀畫報社在第 2 期畫報出版後不久，轉移到了平山縣的曹家莊。

（二）晉察冀畫報社的創業成長

1、自行研製印製設備器材

在遭到日偽軍嚴密封鎖、不斷「蠶食」、連續掃蕩的敵後抗日根據地出版畫報，晉察冀畫報社面臨著眾多困難中，兩個最大的困難是：缺乏照相、製版、印刷的設備和器材，印刷場所和寶貴的器材常常需要轉移。

晉察冀畫報社在自製計時器（將瓶子塞上棉花傾倒滴水）等器材的基礎上，為了突破出版畫報缺乏銅版的瓶頸和減輕印刷設備重量能夠便捷地行動，於 1943 年初成立了以主任沙飛為理事長、以印刷、製版總技師何重生為核心的「自然科學研究會」，組織技術人員，集思廣益，革新技術，研製設備。經過一段時間的反覆嘗試，他們成功地研製出了鉛皮製版法和平版輕便印刷機。用相對較易獲得的鉛皮製版代替銅版製版，既擺脫了極難補充的銅版耗材的束縛，也減輕了印刷製版的重量，還連帶著減少了印刷藥品的消耗。「平版輕便印刷機是木質結構，整個機器重量只有 25 公斤，相當於石印機的 1／6、鉛印機的 1／20，便於拆卸、搬運、轉移。這兩項科研成果應用後，用兩輛馬車就可以裝上全部照相印刷器材，隨軍轉戰，及時出版畫刊。」[1]晉察冀邊區政府對鉛皮製版法和平版輕便印刷機這兩項科研成果

1　朱良才：《晉察冀軍區宣傳文化戰線上的尖兵——憶〈子弟兵〉報、抗敵劇社和〈晉察冀畫報〉》，中國人民解放軍歷史資料叢書編審委員會：《八路軍回憶史料（3）》，解放軍出版社，1991 年版，第 158 頁。

給予以褒獎，頒發了「匠心創造，貢獻抗戰」的獎狀，給何重生頒發了獎金。

晉察冀畫報社使用「菲律賓木」自行研製的照相製版機，是出版畫報的核心設備。體量雖然較大，支撐製版機的木架子有二三米長，依然可以快速拆卸。反「掃蕩」堅壁清野時，把它拆開，散拋山地，等到日僞軍撤離後再收回裝配起來。照相製版機木架子的材質上乘，歷經日曬雨淋也不變形。[1]

2、軍區傾全力給予了支持

晉察冀軍區的衛生部、後勤部、軍工部等部門和晉察冀日報社等單位熱情地給予支持，撥給了經費，提供了藥品、設備等物品。軍區司令員聶榮臻聽說畫報社自製製版機，就把自己使用的望遠鏡送去，讓沙飛、羅光達他們嘗試替代照相製版機的鏡頭。

爲了解決出版畫報的照相製版和印刷器材的問題，晉察冀軍區司令員聶榮臻親自同冀中軍區的呂正操、程子華談話，委託他們在冀中地區幫助解決。呂正操、程子華「派了一個加強營的兵力，幫助攝影科派到冀中的採購人員，用 3 個多月的時間，把弄到的一大批紙張、油墨、銅版、藥品等，護送通過敵人的封鎖線，安全運到畫報籌備組的駐地。」[2]

爲了克服畫報出版的技術力量不足的問題，羅光達向晉察冀軍區領導提出請求，調來了平西閒置的部分印刷鈔票的機械和從北平出來的一批技術人員。

3、在不屈不撓中成長壯大

1943 年 4 月 19 日深夜，發現敵情。晉察冀畫報社進行緊急堅壁清野，拆卸機器，裝箱搬運。次日晨，數百日僞軍即闖進了曹家莊。前來晉察冀畫報社送稿的八路軍前線記者團記者、冀東軍區政治部組織科長雷燁壯烈犧牲，畫報社的張志、焦卓然、劉芳、李明等 4 人負傷。6 月初，敵人的前哨據點又推進到離曹家莊 10 多里路的地方，晉察冀畫報社再次轉移至平山縣的上莊村。

1943 年 8 月，敵情又一次的緊張起來。晉察冀畫報社在軍區派來的工兵班的幫助下，鑿挖了井式洞、臥式洞、子母洞，以藏匿印刷機器和印刷材料。

---

1 李遇寅：《在戰火中籌建畫報社》，粟裕、陳雷等著：《星火燎原》第 17 集，解放軍出版社，2009 版，第 506 頁。

2 朱良才：《晉察冀軍區宣傳文化戰線上的尖兵——憶〈子弟兵〉報、抗敵劇社和〈晉察冀畫報〉》，中國人民解放軍歷史資料叢書編審委員會：《八路軍回憶史料（3）》，解放軍出版社，1991 年版，第 155 頁。

畫報社奉命派出 20 多人支持晉察冀邊區政府的點滴出版社，一批人員被調往延安，還有一部分人員轉入作戰部隊，工作人員減至 70 多人。9 月，日軍動用 4 萬兵力並以大量的僞軍、特務、漢奸做配合，對晉察冀根據地的北嶽區發動了全年 12 次「掃蕩」中規模最大也最爲殘酷的歷時三個月的秋季「毀滅大掃蕩」。晉察冀畫報社是日軍這次大「掃蕩」的重點攻擊目標之一。9 月 16 日，敵人從四面八方向晉察冀邊區腹地的阜平撲來。晉察冀畫報社無法向外轉移，工作人員就分散隱蔽在駐地附近的花塔山上，白天打游擊，晚上在山洞或草棚住宿。

1943 年 12 月 8 日夜，沙飛率領的晉察冀畫報社部分人員與晉察冀軍區保衛部、軍區警衛連同宿柏崖村，被尾隨的敵人包圍。在第二天的突圍中，掩護突圍的軍區警衛連戰士大部英勇戰死，晉察冀畫報社遭受重大損失。攝影記者兼政治指導員趙烈，編輯陸續，晉察冀畫報社印刷廠工務長何重生，製版工人李文治和張夢華，石印組副組長李明，石印工人石振財、孫遷和軍區配屬畫報社的工兵班全部犧牲。主任沙飛和楊瑞生、王友和、趙銀德等 4 人負傷。7 人被俘。

進行「毀滅大掃蕩」的日僞軍撤離，晉察冀畫報社遷至阜平縣東北神仙山腳下的洞子溝，再次奉命將鉛字、排字、刻字、鑄字等人員調歸軍區子弟兵報社後，人員減至 26 人。晉察冀畫報社副社長石少華帶領大家，英勇頑強地克服大量人員調出，部分人員犧牲、負傷、被俘所帶來的各種困難，堅決執行軍區政治部朱良才主任關於盡快出版畫報的指示，堅決反擊敵人掃蕩後的瘋狂叫囂。他們只用了一個月的時間，即於 1944 年 1 月 28 日出版了《晉察冀畫報》時事增刊，並於同年 6 月出版第 6 期《晉察冀畫報》，開設了冀熱遼分社。

1945 年 8 月 15 日，日本宣布投降。晉察冀畫報社隨軍進入張家口，接收了日軍司令部的一個印刷廠、一個日本人開辦的照相館和兩座樓房，工作人員迅速增長至 150 人以上。同年底，晉察冀畫報社設有編輯科、攝影科、電影科、材料供應科、秘書室、印刷廠（後改稱和平印書館）和新時代圖片公司，聯華攝影社，大紅樓飯店，證章加工廠等。1946 年 4 月底，晉察冀畫報社因部分人員或支持親兄弟部隊，或調往他處工作及復員，調整組織編制，撤銷電影科，科室縮編爲組。9 月，晉察冀畫報社主動撤離張家口，至河北淶源，減至 20 餘人。

1948 年 5 月 25 日，與晉冀魯豫軍區人民畫報社在河北平山孟嶺合併，成立華北畫報社，主任沙飛，副主任石少華、高帆。1950 年，以華北畫報社為基礎，組建解放軍畫報社。1951 年 2 月，《解放軍畫報》創刊。

二、《晉察冀畫報》的戰地出版

（一）《晉察冀畫報》

1942 年 7 月 1 日，第 1 期《晉察冀畫報》第一本在河北平山碾盤溝裝訂成冊。7 月 7 日，1000 本創刊號裝訂完畢。《晉察冀畫報》第 1 期，16 開本，膠版印刷，封面彩色套印，94 頁，照片使用瑞典木造紙印刷，中英兩種文字說明，全面報導晉察冀邊區抗戰五年來的戰鬥和建設成就。

圖 5-4　《晉察冀畫報》創刊號封面[1]

晉察冀軍區司令員聶榮臻為《晉察冀畫報》創刊題詞：「五年的抗戰，晉察冀的人們究竟做了些什麼？一切活生生的事實都顯露在這小小畫刊

1　《尋訪〈晉察冀畫報〉創刊地碾盤溝》，http://blog.culture.ifeng.com/article/19448860.html。

裏。它告訴了全國同胞，他們在敵後是如何的堅決英勇保衛著自己的祖國；同時也告訴了全世界的正義人士，他們在東方在如何的艱難困苦中抵抗著日本強盜！」晉察冀邊區行政委員會主任宋劭文爲《晉察冀畫報》創刊題詞：「晉察冀的活報」。[1]《晉察冀畫報》創刊號，封面照片《塞上風雲》（楊成武支隊 1937 年 10 月向長城內外進軍），封底照片《沙源鐵奇》（八路軍 115 師奇兵營 1937 年 10 月挺進冀西），首頁發表了晉察冀軍區司令部 1942 年 7 月繪製的《華北敵我形勢圖》。發表了由沙飛、羅光達、石少華、吳印咸、葉曼之、呂正操、流螢、李途等人拍攝的新聞照片 162 幅，圖片報導的主要內容有：八路軍創建和鞏固晉察冀邊區的戰況，收復淶源、蔚縣、喜峰口、平型關、紫荊關、插箭嶺、妙峰山、西齋堂等城鎮要隘，黃土嶺大戰、大龍華戰鬥、百團大戰、陳莊戰役；邊區子弟兵的生活，狼牙山五壯士的事蹟，群眾支前，青年參軍，軍民魚水關係；邊區的生產運動和民主政權建設；對敵寇暴行的控訴；日人反戰同盟的活動；八路軍寬待俘虜及敵僞投誠；邊區的藝術、教育、出版事業的發展；外賓對邊區的訪問；懷念國際主義戰士諾爾曼‧白求恩；聶榮臻司令員營救日本小姑娘（美穗子）。刊載了由章文龍撰寫、鄧拓潤色的代發刊詞。發表的文字作品有：長篇文章《晉察冀的舵師聶榮臻》，報告文學《冀中宋莊之戰》《客人》，詩歌《出擊正太路戰役詩抄》《同志的槍》《我們是夜班》，小說《出奔》，通訊《漠河灘的英雄》，木刻《八路軍鐵騎兵》《日兵之家》，漫畫《如此掃蕩》等，國際友人的英文專稿《回憶白求恩》《在戰後不要忘記農民！》。

編者準備半年出版一期《晉察冀畫報》的設想未能實現。1944 年 10 月，又擬由季刊改爲月刊。《晉察冀畫報》從 1942 年 7 月至 1947 年 12 月共出版了 13 期期畫報：創刊號 1942 年 7 月 7 日，第 2 期 1943 年 1 月 20 日，第 3 期 1943 年 5 月 10 日，第 4 期 1943 年 9 月 20 日，第 5 期 1944 年 3 月 30 日，第 6 期 1944 年 8 月 30 日，第 7 期 1944 年 11 月 30 日，第 8 期 1945 年 4 月 30 日，第 9、10 期 1945 年 12 月，第 11 期 1947 年 10 月，第 12 期 1947 年 12 月，第 13 期 1947 年 12 月。

晉察冀畫報社除了出版《晉察冀畫報》，還出版了 1 期《晉察冀畫報‧時事專刊》（1942 年），3 期《晉察冀畫報》增刊（1944 年 1 月至 1945 年 9 月），2 期《晉察冀畫報》月刊（1945 年），4 期《攝影新聞》（1945 年 10 月），1 期

1　《題詞》，《晉察冀畫報》，1942 年 7 月 7 日第 1 期。

《晉察冀畫報》季刊（1947 年），4 期《晉察冀畫報》號外（1946 年），2 期《晉察冀畫報》半月刊（1946 年）和《毛澤東近影集》、4 期《晉察冀畫報》叢刊、17 期《攝影網通訊》。

（二）《晉察冀畫刊》

解放戰爭時期，晉察冀畫報社把主要力量用於出版《晉察冀畫刊》。1946 年 12 月 30 日至 1948 年 5 月 23 日，在河北唐縣、曲陽、安國流動出版的 44 期《晉察冀畫刊》，8 開單頁，發至連、排，每期發行 10000 冊。

晉察冀畫報社爲了提高效率，縮短出版週期，用三個多月的時間，對輕便印刷機、輕便製版機、輕便排字房再次進行輕裝改革。輕便印刷機改裝了汽車軸承、自行車鏈條和飛輪，效率大幅提高，減輕了勞動強度；輕便製版機進一步減重至十幾斤，拍照部分、底坐托架可便捷拆卸裝箱，行軍和製版的轉換非常方便；輕便排字房把常用的詞、句用道林紙印刷成字樣，需要時將字樣上的詞、句剪下拼貼即可，「裁減」了重達數百斤的鉛字、字架。對輕便的印刷機、製版機和排字房的成功革新，晉察冀軍區印刷廠特地組建了一個只有 8 個人的野戰印刷廠，全部的印刷機械和印刷材料使用兩輛大車上便可成行。晉察冀畫報前線工作組，從 1947 年 1 月至 1948 年 2 月初，同軍區子弟兵報社、軍區印刷廠一起，跟隨晉察冀軍區野戰政治部轉戰十餘縣，搬遷 18 次，行程 1000 公里。

《晉察冀畫刊》在技術革新的有力支持下，徹底改變了以前的前方編輯排版，後方印刷出版這一嚴重制約畫報出版週期的狀況。稿件一經編排結束，即可就地製版印刷。1947 年 5 月正定與南線戰役期間，《晉察冀畫刊》從 4 月 30 日至 5 月 30 日的一個月內出版了 5 期，「平均六天一期，最快時五天一期。部隊指戰員剛在《子弟兵報》上看到自己勝利的消息，馬上又在《晉察冀畫刊》上看到自己衝鋒陷陣、立功受獎的照片，倍受鼓舞，常常在戰壕裏揮舞著《晉察冀畫刊》興奮地歡呼起來。」[1]

三、《晉察冀畫報》創造新聞奇蹟

（一）產生了巨大社會影響

《晉察冀畫報》是人民解放軍的第一個新聞攝影畫報，大量刊登新聞照

---

1 顧棣、方偉：《中國解放區攝影史略》，山西人民出版社，1989 年版，第 211 頁。

片、漫畫、木刻、雕塑等形象作品，還發表通訊、詩歌、散文、小說、歌曲等文字作品，圖文並茂，形象而詳實地報導八路軍的戰績和英雄模範人物的事蹟，深受晉察冀根據地軍民的歡迎。晉察冀軍區的指戰員，把下發的《晉察冀畫報》當作珍貴的教材，組織傳閱，集中宣講，指定專人保管。深受鼓舞的戰士們紛紛表示向《晉察冀畫報》刊載的英雄人物看齊，喊出響亮的口號：「下次戰場見，看誰上照片！」[1]八路軍武工隊攜帶畫報深入敵後，畫報上刊載的關於八路軍擁有火炮、機槍、騎兵的真實景象的報導，振奮了敵佔區廣大愛國群眾堅定不屈的民族精神。有的北平的大學生，仔細閱讀了《晉察冀畫報》之後，看到了民族救亡的前途，毅然離開古都，奔赴晉察冀邊區，參加八路軍。

　　《晉察冀畫報》的問世及在戰火中堅持出版，在抗日根據地和淪陷區發行，傳送到蘇聯、美國、英國、菲律賓、印度、越南、新加坡、暹羅（泰國）等，獲得國內外的好評，產生了巨大的社會影響。文健在重慶《新華日報》發表文章稱：「這樣華麗的畫報，竟然是在敵後那樣艱苦戰鬥的地方出版的麼？當我們看到《晉察冀畫報》的時候，不能不大吃一驚，它叫我們珍貴，叫我們再三翻閱，不忍釋手，對著那五彩套版的木造紙封面一再凝視。……自然這些紙張是戰利品，敵後艱苦的軍隊不但從敵人那裡奪取武器來武裝自己，而且奪取物資來充實自己的精神食糧，因他們在艱苦戰鬥的情況下，也不忘記在文化上的修養與提高。」[2]穆欣在重慶《國訊》發表文章指出：1942年秋《晉察冀畫報》出版，「這是一種奇蹟」，「那精美的五彩封面，早已不見的重磅道林紙、木造紙、瑞典紙、清晰而秀美的圖片，比之於戰前在上海出版的最好的畫報也不遜色。」「除了照片，每期還有美術（畫與木刻）、文字（詩歌、小說、報告）……它以絕大的篇幅，表揚著在戰鬥中鍛鍊出來的人民英雄，它也控訴了日寇在河北平原冀東潘家峪及在兒狼牙山的慘殺暴行，拍攝人民對日寇所懷著的血海深仇。畫報裏攝出了悲憤激昂的復仇者的面影。」[3]

1　朱良才：《晉察冀軍區宣傳文化戰線上的尖兵──憶〈子弟兵〉報、抗敵劇社和〈晉察冀畫報〉》，中國人民解放軍歷史資料叢書編審委員會：《八路軍回憶史料（3）》，解放軍出版社，1991 年版，第 156 頁。
2　顧棣：《中國紅色攝影史錄》（上），山西人民出版社，2009 年版，第 38 頁。
3　顧棣：《中國紅色攝影史錄》（上），山西人民出版社，2009 年版，第 38～39 頁。

（二）成為了軍事文化名片

《晉察冀畫報》是晉察冀抗日根據地軍民的驕傲。前來晉察冀邊區訪問的外國人，大都要參觀晉察冀畫報社。晉察冀畫報社自行研製的照相製版機、輕便印刷機，往往成為訪客關注及介紹講解的重點。1944 年 7 月 18 日，獲救的美國第十四航空隊中尉飛行員白格里歐，來到了晉察冀畫報社，細心地瀏覽畫報，考察晉察冀畫報社的分工聯繫、人力使用和工人的年齡、文化程度，觀看工人在強烈的陽光下進行照相製版、曬鉛皮，用了半個多小時研究鉛皮製版的方法，他說：「我到處看到你們八路軍有著一個共同特點，那就是完成極多，所用甚少。要不是我親眼看到這種機器，我是不會相信的。」「八路軍和邊區人民是在創造著戰爭的歷史。《晉察冀日報》，《晉察冀畫報》和晉察冀的文化工作者，在創造著文化的歷史。……你們能在敵後堅持畫報的出版工作，這真是值得高興的事情。」[1]白格里歐為晉察冀畫報社題詞：「我願意向八路軍全體人員表示感謝和讚揚。你們有一種大無畏的精神，因而完成極多，所用甚少。由於你們的勇敢與創造，證明你們定能得到一個結果——勝利。過去你們已經得到許多勝利，但我希望你們將有更多。以使此反法西斯鬥爭迅速勝利結束。」[2]

據一位在華的美軍觀察組人員說，他們來中國之前偶然看到一本《晉察冀畫報》，知道在華北侵華日軍的後方有一塊八路軍的根據地，到中國之後，主動要求到這個根據地視察，親眼目睹了這裡的一切，感到真了不起。[3]1944 年 11 月，穿著八路軍服裝的美軍觀察組人員來到位於阜平洞子溝的晉察冀畫報社參觀。

《晉察冀畫報》是抗日戰爭時期中國共產黨和人民軍隊在敵後抗日根據地創辦的第一份大型新聞攝影畫報，有力的推動了抗日根據地的新聞攝影和文化事業。《晉察冀畫報》是人民解放軍軍事新聞攝影開創先河、傳承後世的一座豐碑。

---

1 顧棣：《中國紅色攝影史錄》（上），山西人民出版社，2009 年版，第 40～41 頁。

2 石志民：《〈晉察冀畫報〉文獻全集第一卷，〈晉察冀畫報〉，第 1～13 期》，第 382 頁，中國攝影出版社，2015 年版。

3 顧棣：《中國紅色攝影史錄》（上），山西人民出版社，2009 年版，第 40 頁。

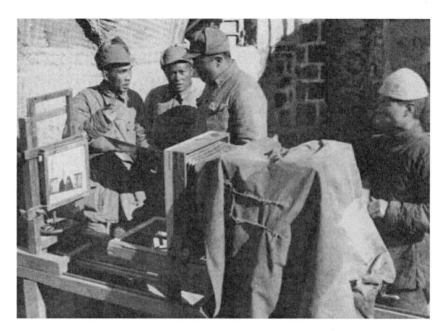

圖 5-5　沙飛（左）向參觀晉察冀畫報社的美軍觀察組人員介紹照
　　　　相製版情況，1944 年 11 月，曲治全攝[1]

1　顧棟、王笑利：《〈晉察冀畫報〉工作事略（1）》，http://www.shafei.cn/center/dataset/historical%
　　20materials_057.htm。

第六章　在華外國軍隊的新聞業

第一節　外國軍隊在華創辦新聞業的背景

一、西方列強獲得在華駐軍特權

清政府晚期，中國日益衰落，西方列強對華擴張。第一次鴉片戰爭（1840～1842）、第二次鴉片戰爭（1856～1860）、中法戰爭（1893～1885）先後爆發，八國聯軍侵入中國（1900）。以英、法為首的西方列強與清政府簽訂不平等條約，獲得了「條約制度」所規定的在華駐軍特權。

（一）在使館區、租界地駐軍

1、外國軍艦可以自由遊弋中國港口

1843 年中英簽訂《虎門條約》，規定英國軍艦可以在中國每個通商口岸停泊。1844 年中法簽訂《黃浦條約》，規定法國軍艦可以「往來遊奕，保護商船」，1858 年中法簽訂《天津條約》，規定法國軍艦可遊奕於中國內地各港口。

此後，其他西方列強的軍艦也自由遊弋中國港口。

2、外國軍隊可以駐紮使館區

1860 年第二次鴉片戰爭爆發，英法聯軍攻入北京，清朝皇帝逃往河北承德。清政府與英、法、俄、美分別簽訂《天津條約》，允許各國公使常駐北京。英國、法國、俄國、美國、德國、意大利、奧地利、日本、比利時、西班牙等國，先後在北京東交民巷一帶建立公使館，並各自派駐武裝衛兵。

1901 年，義和團運動失敗，八國聯軍攻入北京。清政府與英國、美國、日本、俄國、法國、德國、意大利、奧匈帝國、比利時、西班牙和尼德蘭王國（荷蘭）簽訂《辛丑條約》，規定在北京東交民巷附近劃定爲外國使館區，各國使館「常留兵隊」。清政府將北京東交民巷附近劃定爲外國使館區，遷出界內的中國官民，修建外國兵營並駐紮軍隊，自設警察和管理人員，中國在界內不得行使任何主權。出兵中國的英國、美國、日本、俄國、法國、德國、意大利、奧匈帝國等 8 國，分別在北京使館界內建有兵營。

（二）在京師至山海關鐵路沿線駐軍

根據簽訂的不平等條約，西方列強除了可在中國使館區駐軍，還可以在租借地、鐵路附屬地駐軍。1896 年，俄國誘逼清朝政府接受《中俄密約》，索取了修築中東鐵路及其支線等特權。

1901 年簽訂的《辛丑條約》，規定解除中國在京師至海口沿線的軍事防禦，列強可在自北京至山海關沿鐵路重要地區的 12 個地方駐紮軍隊。外國駐軍營地被列爲軍事禁區，不准中國人進入。周圍 20 華里內，不准中國軍隊駐紮或開入。俄國借鎮壓義和團爲藉口，1900 年出兵佔領中國東北地區，《辛丑條約》簽訂後，其他列強陸續退兵，俄國仍然尋找藉口拒不撤兵。

二、日本軍隊長期駐紮中國要地

日本侵華，蓄謀久矣。1868 年，明治天皇睦仁登基，推行「武國」方針。發展海軍，擴充兵源，變革軍制，制訂對策，討論對華作戰構想。駐軍中國成爲日本侵華的一個非常重要的舉措，駐華日軍在 20 世紀 30 年代日本連續製造的九一八事變（1931）、一二八事變（1932）和七七事變（1937）中扮演了侵華先鋒的角色。

（一）駐紮東北的日本關東軍

1905 年 1 月，俄國在日俄戰爭中失敗投降。日俄簽署《朴次茅斯條約》，日本與清政府簽訂《會議東三省事宜正約》及附約。日本獲得了俄國在中國東北地區的一切特權，獲得旅順、大連兩處租借地，獲得南滿鐵路的經營權、沿線的林產礦產和鐵路沿線的駐軍權，還獲得在東北 16 個城市的通商權。

日本派出 2 個師團約 4 萬人進駐關東州（即旅順和大連灣租借地）及南滿鐵路沿線，成立關東總督府。1905 年，日本在遼陽成立關東都督府，下設

陸軍部負責指揮在關東州的駐軍，和清政府簽訂《清日東三省事宜正約》，取得了名義上在東北駐軍的合法性。1919 年 4 月，日本將關東都督府改爲關東廳，以都督府陸軍部爲基礎，組建關東軍司令部，實行軍政分治。直接隸屬於天皇的關東軍，司令爲陸軍中將。1931 年，日本關東軍鐵路守備隊柳條湖分遣隊挑起了導致東北淪喪的九一八事變。1932 年僞滿洲國成立，關東軍司令部從瀋陽遷長春，關東軍司令兼任日本駐僞滿洲國大使和關東廳長官。1942 年 10 月，關東軍升格爲戰時日本六個總軍之一，司令爲陸軍大將。

　　關東軍的總兵力，1919 年爲 1 個師團 7 個大隊約 3 萬人，1931 年九一八事變增至 3 個師團約 8 萬人。1933 年後約保持 5 個師團的規模。1937 年七七事變後逐年遞增，1938 年 9 個師團，1939 年 11 個師團，1940 年 12 個師團。1941 年 7 月，達到最多的 31 個師團、85 萬人。1943 年下半年起，13 個師團被抽調太平洋戰場。1945 年 4 月，7 個師團被抽調加強本土防禦。徵召 25 萬在東北的日本僑民組建了 16 個新師團，並從關內調來 4 個師團，關東軍總兵力恢復到 24 個師團又 9 個獨立混成旅團及邊境守備隊、約 57 萬人。1945 年 8 月 8 日蘇聯對日宣戰。15 日，日本天皇宣布戰敗投降，關東軍部分被殲滅，大部分向蘇軍投降。

（二）駐紮華北的日本支那駐屯軍

　　1901 年 6 月，日本以「護僑」「護路」爲名，成立「清國駐屯軍」，司令部設天津海光寺，兵營分設海光寺和北京東交民巷，在北京、天津、塘沽、秦皇島、山海關等地部署小分隊。根據同年 9 月簽訂的《辛丑條約》，日本清國駐屯軍的總兵力爲 1650 人。1912 年，清王朝覆滅，改名「支那駐屯軍」。

　　1931 年九一八事變後，支那駐屯軍擴充到 10 個步兵中隊、1 個炮兵中隊和 1 個工兵中隊，總兵力達到 2500 人。1935 年 12 月，支那駐屯軍策劃與支持漢奸殷汝耕等人成立冀東防共自治政府，組織了一支約 1.7 萬人的自治武裝。1936 年 4 月，支那駐屯軍擴充爲 1 個步兵旅團又 2 個聯隊，成爲兵種齊全的野戰兵團，總兵力 5700 人。司令官級別升至陸軍中將，由軍部任命改爲由日本天皇直接任命。駐北平豐臺的日本支那駐屯軍步兵旅團第 1 聯隊第 3 大隊挑起了引發全面侵華的七七事變。

　　1937 年盧溝橋事變發生後，日本關東軍和朝鮮駐屯軍調集已做好準備的 5 個師團和 18 個飛行中隊立即開入華北，劃歸支那駐屯軍指揮，並將其中的第 20 師團和獨立混成第 1 旅團劃入支那駐屯軍作戰序列。同年 8 月，以支

那駐屯軍爲基幹，將大部分在華北的日軍整編爲方面軍級別的北支那派遣軍（通稱爲華北方面軍），司令部 1938 年從天津遷北平，一直保持約 9 個師團的規模，總兵力約 20 萬人。1939 年 9 月，日軍成立總軍級別的中國派遣軍，北支那派遣軍被劃入中國派遣軍作戰序列。1945 年 10 月，北支那派遣軍司令官根本博中將率領所部在北京太和殿向中國第 11 戰區司令長官孫連仲上將投降。

（三）駐紮上海的日本上海特別陸戰隊

1894 年中日甲午戰爭，日本開始派軍艦常駐上海。1897 年，上海小車工人示威，日軍從「大島」號軍艦抽調 20 名水兵登陸，守備日本駐上海總領事館。1900 年，義和團運動興起，日軍下令駐紮天津的「愛宕」號炮艦派出數十名水兵，攜帶步槍火炮進入北京東交民巷，參與使館區防禦。此後，從軍艦抽調水兵參與陸上作戰開始成爲日本海軍一種常態化的作戰樣式。「五卅」運動暴發，1925 年 6 月 9 日，日本以「中國政府無力維護上海治安」爲由，派遣日本海軍陸戰隊進入上海，駐紮虹口區租界。上海工潮平息，日本海軍陸戰隊不僅沒有撤離，反而長期駐紮。[1]1927 年 3 月，日本海軍派遣「天龍」號巡洋艦掩護來自本土吳、橫須賀、佐世保三個鎮守府的特別陸戰隊 3 個大隊登陸上海，與駐防上海的「利根」號巡洋艦的臨時陸戰隊共同組成「聯合陸戰隊」，總兵力約 1400 人。日本海軍聯合陸戰隊在上海阻止北伐軍進入日租界，以及 1928 年 5 月在濟南阻止北伐軍進攻的「濟南事變」中都發揮了關鍵性的作用。1928 年 6 月，日軍從聯合陸戰隊中挑選精銳，正式組建「上海陸戰隊」，編入「遣支第一艦隊」的作戰序列常駐上海。

1932 年，日本上海海軍陸戰隊挑起企圖侵佔上海的一二八事變。同年 10 月，日本海軍將上海陸戰隊升格爲與海軍鎮守府平級的「上海海軍特別陸戰隊」，轄 5 個步兵大隊、1 個炮兵大隊和直屬隊，總兵力約 4000 人，裝備榴彈炮、山炮、速射炮、坦克、裝甲汽車和利於近戰的德制衝鋒槍。1937 年 8 月 13 日，淞滬會戰爆發。日本上海海軍特別陸戰隊在海空軍的支持下，頂住了中國軍隊 3 個精銳的德械師在 2 個重炮團和空軍支持下 10 天的猛攻，等來了日本本土的援軍。

1　《日本兵何時起駐紮上海》，http://blog.sina.com.cn/s/blog_51d5b0650101iib2.htm。

三、世界反法西斯盟軍進入中國

（一）蘇軍入華協助抗擊日本侵略

1、蘇聯空軍援華抗戰

抗戰初期，英、美等西方國家對中日戰爭持中立立場。1937 年 8 月 20 日，中蘇簽訂《中蘇互不侵犯條約》《軍事技術援助協定》，蘇聯在抗戰之初第一個向中國提供援助。9 月 14 日，蘇聯接受國民政府直接派遣有經驗的飛行員到中國參戰的請求，派遣飛行員、地勤人員、機場建築師、工程師和機械師以志願者的身份前來中國協助抗日。這項秘密的人員派遣任務在蘇聯內部被稱為 Z 作戰，抽調的人員是從外貝加爾軍區與太平洋艦隊所屬航空部隊中選拔的「志願者」。蘇聯援華航空隊編有 2 個驅逐機大隊和 3 個轟炸機大隊。

1937 年 12 月 1 日，蘇聯援華航空隊首戰南京，翌日轟炸上海日軍。1938 年 2 月 23 日，蘇聯志願航空隊在蘇聯紅軍節這一天，派轟炸機長途奔襲日軍臺灣松山機場，炸毀日機 40 餘架，儲備的夠用 3 年的航空燃油被焚一空。4 月 29 日下午，日軍 18 架戰鬥機護航 28 架轟炸機轟炸武漢，蘇聯援華航空隊升空迎戰。雙方戰損比是 36：5，創造中日開戰以來最大的空戰戰果，為日本長天節即裕仁天皇生日送上了一份厚禮。

1941 年 6 月 22 日，德國突然進攻蘇聯。蘇聯援華航空隊被召回國參戰。四年間，蘇聯援華航空隊共有 1091 名飛行員和機械師、工程師等航空輔助人員總計 3665 人[1]參加中國抗戰。蘇聯飛行員在中國南京、蘇州、蕪湖、武漢、南昌、重慶、成都、蘭州、柳州等城市上空留下了與日軍搏殺的英姿。作戰勇猛的蘇聯援華航空隊的飛行員，被日軍航空兵稱之為「暴徒」，共擊落炸毀日機 500 餘架，擊沉日艦船 70 餘艘。包括轟炸機大隊長庫里申科和驅逐機大隊長拉赫曼諾夫在內的 200 多名蘇聯援華航空隊人員在中國犧牲。[2]庫里申科的女兒多年後從中國留蘇同學口中，才知道父親犧牲於援華抗戰。

2、蘇聯出兵中國東北

1945 年 2 月 4 日，美、英、蘇三國秘密簽訂《雅爾塔協定》，其中關於

1　《紅色飛鷹——抗戰期間蘇聯志願航空隊援華始末》，http://news.china.com/history/all/11025807/20141231/19164802_all.html。

2　《抗戰時蘇聯空軍秘戰四川　擊落炸毀日機 500 餘架》，http://mil.news.sina.com.cn/2014-12-09/1724814639.html。

中國大連，規定：大連商港國際化，蘇聯在該港的優越權益須予保證，蘇聯
租用旅順港爲海軍基地。8 月 8 日 17 時（日本時間 23 時），蘇聯以拒絕波茨
坦公告爲由向日本宣戰。8 月 9 日零時 10 分，蘇聯紅軍發動遠東戰役，出兵
中國東北、朝鮮北部、千島群島和南薩哈林。150 多萬蘇軍，從東、北、西
三個方向，在 4000 多公里的戰線上越過中蘇、中蒙邊境，進入中國東北地
區，向日本關東軍發起猛烈攻擊。蘇軍攻克或進駐牡丹江（8 月 16 日）、哈
爾濱（8 月 18 日）、長春（8 月 19 日）、瀋陽（8 月 19 日）、大連（8 月 22
日）等中國東北主要城市。8 月 19 日，日本關東軍開始有組織地向蘇軍投降。
8 月 30 日，在中國東北和朝鮮北部的日本關東軍全部被解除武裝。9 月 1 日，
千島群島的日軍被擊敗。蘇軍在 20 多天時間裏，擊斃日軍 8.3 萬人，俘虜
59.4 萬人。[1]

　　蘇軍向中國東北的日軍發起攻擊，在陸續攻克或進駐的一些大城市設立
城防司令部，代行政府管理職能。日本宣布投降前一天的 8 月 14 日，中國
和蘇聯在莫斯科簽訂《中蘇友好同盟條約》，規定戰後東北的主權移交國民
政府，蘇軍在日本投降後 3 個星期內開始撤軍，3 個月撤完。1946 年 2 月，
美、英、蘇正式公布「雅爾塔秘約」，世人皆知大國間私下交易損害中國主
權。蘇軍駐留東北屢有傷害中國民眾情感之事。同月下旬，全國範圍出現了
反蘇遊行。蘇軍兩度延緩撤離。5 月 3 日，蘇軍除大連外全部撤離中國東北。

（二）美軍入華協助抗擊日本侵略

1、成立聯合軍事指揮部

　　1941 年 12 月 8 日，太平洋戰爭爆發。蔣介石分別召見蘇、美、英駐華大
使，決定向日本宣戰。他還向各大使分別面交建議書，建議成立軍事同盟。
羅斯福與丘吉爾商議，在遠東設立西南太平洋戰區和中國戰區兩個聯合軍事
指揮部。12 月 23 日，根據羅斯福總統建議，中、美、英軍事會議在重慶召開，
達成《中、英緬甸共同防禦計劃草案》。1942 年 1 月 1 日，美、英、蘇、中等
26 國代表，在華盛頓簽署《聯合國家宣言》，正式建立反法西斯統一戰線。1
月 3 日，美國政府徵得蔣介石同意，宣告蔣介石已經能充任中國戰區最高統
帥之職，指揮現在及將來在該區作戰之陸空軍，所轄區域包括越南、泰國及
將來聯合國家部隊可能到達的地方；其統帥部之設計部分，將有英美代表參

1　《揭蘇聯遠東軍二戰秘聞：重創日本關東軍爲二戰日軍投降打下漂亮一仗》，
　　http://hz.edushi.com/bang/info/149～157-n3522864-p1.html。

加工作。[1]

蔣介石任盟軍中國戰區陸空聯軍總司令，美軍約瑟夫‧史迪威中將、艾爾伯特‧C‧魏德邁中將歷任參謀長。中國軍隊參加了緬甸境內的主要作戰，成為盟軍中緬印戰區的主力軍。

2、美軍援華及其撤離

1937 年 7 月，全面抗戰爆發後，在華美軍有長江巡邏艦隊、華南巡邏艦隊、海軍陸戰隊第 2 旅、步兵第 15 團及北京使館衛隊等，常駐兵力約 5000人，多時約有萬人。1941 年太平洋戰爭爆發後，美軍逐漸增加駐華兵力。1942年 7 月，美國援華志願航空隊改組為美國特遣航空隊，正式納入美軍編制。1944 年底至 1945 年初，美國在華軍事人員超過 10 萬人，分別為陸軍航空兵、空運部隊、地面保障和後勤保障部隊及軍事顧問、教官等。「中國戰區美軍司令部」（史迪威時期曾稱「中緬印戰區美軍司令部」），是在華美軍最高指揮機構。

1945 年 9、10 月間，美國總統杜魯門命令美軍在中國天津、青島登陸。美軍第 3 兩棲作戰軍團（轄海軍陸戰隊第 1、6 師和海軍航空兵第 12、24、25、32 聯隊）共 5.3 萬人進駐中國。在日軍投降之後進駐中國的美軍，「雖賦有解除日軍武裝、遣返投降日軍和日本僑民的任務，與處理抗戰善後問題有關，……其主要目的是為了戰後格局，並直接和間接地介入了中國內戰」。[2]1946 年 6 月 26 日，全面內戰爆發。12 月 24 日夜，駐華美軍士兵在北平東單強姦北京大學先修班女生沈崇，激起學潮。1947 年 1 月，美國決定終止軍事調處中國內戰的工作，北平軍事調處執行部的美軍人員離平返美。同年初，美國政府制定 6 個月撤出海軍陸戰隊的緊急計劃，上海、天津、塘沽等地的海軍陸戰隊陸續撤離。1949 年 5 月 25 日，美軍從青島全部撤離。

3、美國空軍來華參戰

美軍第 14 航空隊是中國抗戰時期美國來華的主要部隊。羅斯福總統應中國政府一再要求，1941 年 4 月 15 日簽署秘密法令，允許美國陸、海軍和海軍陸戰隊現役飛行員、地勤人員退役，受雇於在中國的一家美國民航公司，為

1　《二戰中國戰區溯源》，http://phtv.ifeng.com/hotspot/fhd/200711/1112_2307_294 093.shtml。

2　阮家新：《抗戰時期駐華美軍部署及作戰概況——兼談中國戰區在美國戰略棋盤上的地位》，《抗日戰爭研究》，2007 年第 3 期。

中國服務。美國志願航空隊由陳納德任隊長，約 300 人，有 3 個中隊和 100 多架飛機，以昆明巫家壩機場爲主要基地，列入中國空軍序列，佩戴中國帽徽和領章「A.V.G」（American Volunteers Group 的簡稱）。只進行了短暫訓練即於 12 月 20 日進行首戰。1942 年 7 月 5 日，美國志願航空隊改稱美軍「中國特遣航空隊」，後改爲第 23 戰鬥機大隊。

1943 年 3 月 9 日，美軍從國內和其他戰場抽調部隊組建第 14 航空隊，司令部駐中國昆明，除轄直屬重型轟炸機、偵察機、運輸機大隊，所轄 4 個聯隊各轄 12 個戰鬥機大隊和轟炸機大隊，每個大隊轄 35 個中隊。第 14 航空隊初有 170 架戰鬥機、轟炸機，1944 年 6 月增至 498 架，1945 年 6 月增至 723 架。至 1945 年戰爭結束，第 14 航空隊在空戰中擊落敵機 1291 架，重創敵機 655 架；在轟炸中摧毀地面敵機 1057 架，重創 618 架，炸毀火車頭 1079 個，卡車 4800 多輛，橋樑 580 座；在空戰中損失飛機 117 架，在地面損失飛機 76 架。[1]

（1）執行「馬特霍恩」行動

1944 年初，由美軍參謀長聯席會議和空軍司令直接指揮的第 58 超級轟炸機聯隊進駐中國四川（新津、邛崍、彭山、廣漢），轄 4 個大隊，裝備 70 至 80 架（最多時 115 架）B-29 型遠程轟炸機，作戰半徑至日本南部的九州地區。從 6 月 15 日起，第 58 轟炸機聯隊開始執行「馬特霍恩」行動，對日本本土進行戰略轟炸。在 6 個月內，執行 49 次作戰任務，出動 3058 架次，轟炸了日本九州「八幡工業區」（鋼鐵基地）、佐世堡、長崎海軍基地及在緬甸、泰國、中國東北、臺灣的軍事目標。轟炸武漢、南京和長江中下游、東南沿海的日軍交通運輸線、兵站、倉庫，遲滯了日軍急於打通中國南北交通線的「1 號作戰」行動。

受制於駝峰航線運力和距離日本太遠，1944 年底，美國佔領了西太平洋上的馬里亞納群島，突破了日本「絕對國防圈」，獲得距日本最近的空軍基地後，第 58 轟炸機聯隊分批轉場馬里亞納，結束了在中國實施的「馬特霍恩」行動。

---

1 Malcolm Rosholt：《Days of the Ching Pao》，Graphic Communications Publishing Div.，轉引阮家新：《抗戰時期駐華美軍部署及作戰概況——兼談中國戰區在美國戰略棋盤上的地位》，《抗日戰爭研究》，2007 年第 3 期。

（2）「駝峰航線」大規模空運

1942 年 3 月，日軍佔領緬甸仰光，中國最後一條陸地國際通道滇緬公路被切斷，海上運輸線早已被切斷。4 月，美國駐印度第 10 航空隊承擔了飛越喜馬拉雅山向中國運送戰略物資的任務。從印度阿薩姆地區到中國昆明的駝峰航線，直線距離 1000 公里。10 月，美軍設立專門承擔向中國運送戰略物資任務的空運司令部後，迅速提升運力和運量。駝峰航線的氣象地形條件極其惡劣，「墜機事件頻發，以至喜馬拉雅山谷曾有『鋁谷』之稱。飛行員即使跳傘也很少有生還的可能。據統計，3 年間共損失飛機約 500 架，犧牲機組人員約 1500 人。」「駝峰航線」的運輸機和運輸量，由 1943 年初約 120架、月約 4000 噸，增長到 1944 年初 369 架、月 1.5 萬噸和 1945 年戰爭結束前 722 架、月 4 萬噸，機組和地勤人員由 2.6 萬人增至 8.4 萬人，三年間共向中國運送軍用物資 65 萬噸。[1]

戰略性的「駝峰航線」空運，在美軍戰爭史和世界戰爭史上均為空前，為艱苦抗戰的中國雪中送炭，促進了中國戰場的穩定，大量牽制日軍，積極地配合盟軍在太平洋戰場和歐洲戰場的作戰。

3、修築「史迪威公路」

1941 年 6 月 22 日，德國突然進攻蘇聯。美國對華軍援已無可能從蘇聯過境。至 12 月，日軍已經佔領中國所有的海港，海外援華物資只能借道緬甸海港仰光上岸，艱難地通過倉促修建的 1000 多公里的山間公路滇緬路運到昆明。太平洋戰爭爆發，日軍切斷了滇緬公路。駐華美軍司令官、中國戰區參謀長、對華租借物資監督執行官、美軍中緬印戰區司令官史迪威，提出修建由印度東部利多經緬甸北部至中國昆明的中印公路。1942 年 7 月勘察，12 月動工。1943 年 10 月，中國駐印軍開始反攻緬北，工程部隊緊跟其後築路。美軍為修建中印公路，陸續投入 4 個工兵團、8 個航空工程營、2 個戰鬥工程營、1 個工程建設營、1 個空降航空工程營、1 個工程特勤營、1 個軍需營及 6 個輕型舟橋連、11 個輸油管道鋪設工程連等工程部隊。中國派出第 10、12 獨立工兵團參與築路。美軍第 5307 混成部隊、1 個戰鬥旅，與中國駐印軍並肩反攻緬北；美軍第 10、14 航空隊、空運司令部提供空中掩護和空投支持。

---

1 阮家新：《抗戰時期駐華美軍部署及作戰概況——兼談中國戰區在美國戰略棋盤上的地位》，《抗日戰爭研究》，2007 年第 3 期。

中美兩軍克服密林沼澤，荊棘叢生，季風狂吹，暴雨傾盆，山洪猛泄，溝壑縱橫，塌方多發，路橋頻毀，蚊蟲肆虐，瘴氣薰人等惡劣的自然障礙，粉碎日軍的抵抗襲擾，開山架橋，修築這條全長 1700 多公里的戰略性國際通道。1945 年 1 月 28 日，進行緬北反攻的中國駐印軍和進行滇西反攻的中國遠征軍在中緬邊境勝利會師，中印公路全線貫通。不久，由印度利多至中國昆明的輸油管線建成開通。日軍切斷中國國際通道實施的地面封鎖被打破，大批援華物資通過陸路從印度運進中國。爲表彰史迪威將軍對修建中印公路的卓越貢獻，中國政府將中印公路命名爲「史迪威公路」。[1]

第二節　日軍侵華的新聞活動、傳媒與宣傳

一、甲午戰爭中的新聞宣傳

日本發動甲午戰爭（史學界亦稱「日清戰爭」），侵略朝鮮和中國。爲了進行這場戰爭，日本進行了長達數十年的準備。灌輸軍國主義理念，逐步推進大陸政策，傾國之力擴軍備戰，詳盡制定侵略方案。1894 年 7 月 23 日凌晨，日軍突襲朝鮮漢城王宮，成立親日傀儡政府。7 月 25 日，日本在朝鮮豐島海面不宣而戰襲擊清朝軍艦。7 月 31 日，日中宣戰。清軍在朝鮮全線潰退。9 月 15 日，日中艦隊在黃海大戰。11 月 22 日，旅順失陷。1895 年 2 月 17 日，北洋艦隊全軍覆沒。3 月 19 日，「頭等全權大臣」李鴻章抵達日本馬關，與日本首相伊藤博文商訂和約。4 月 17 日，李鴻章在《馬關條約》簽字。

日本發動甲午戰爭的新聞宣傳，進行了較充分的輿論準備。聘請美國專家實施國家宣傳，制定實施對戰事新聞管制政策，准許本國記者隨軍報導，批准外國記者隨軍採訪，對外國主流媒體及本國出版的英文報紙，通過金錢「買口」，實施賄賂的「銀彈策略」，影響與控制輿論。日本軍方組織攝影師設立「從軍寫眞班」，拍攝戰場場景、人物和事件，編輯《甲午戰爭海陸戰戰地寫眞攝影》（1894 年）和《甲午海戰寫眞相冊》（1895 年），以中日兩軍威海衛決戰爲主要內容，記錄日本侵華主力第二軍參與的重要戰役、兩軍重要軍事要地、主力軍艦，以及威海、旅順、大連的影像。「這些照片都明確記載了拍攝時間、地點、方位、人物或部隊番號、事略等軍事要素，而時間的記

1　阮家新：《抗戰時期駐華美軍部署及作戰概況——兼談中國戰區在美國戰略棋盤上的地位》，《抗日戰爭研究》，2007 年第 3 期。

載幾乎精確到了分鐘。這正是日本以攝影爲侵略工具進行的軍事行爲。」[1]

（一）聘請美國專家實施國家宣傳

日本發動甲午戰爭，宣揚「失之歐美，取之亞洲」，鼓吹興亞主義，侵略中國是「拯救亞洲」。秘密聘請美國《紐約論壇報》記者豪斯作爲實施國家宣傳戰的總指揮，策劃與營造日本是「文明的代表」，幫助朝鮮將「野蠻」的清朝驅逐出境的「正義形象」。[2]

在豪斯的「有計劃的包裝下，西方媒體對中國與日本分別代表著野蠻與文明的認識，形成了一種潮流與共識。」[3]在整個甲午戰爭期間，「文明」與「野蠻」成爲日清戰爭交戰雙方的國家形象符號。

（二）制定法規嚴厲管制戰事新聞

1894 年 6 月，日本派出數百人的先遣隊，以保護使館和僑民爲由在朝鮮仁川登陸。日軍進入朝鮮後，日本內務省警保局發出關於軍事論事的「注意口諭」，發出嚴格控制新聞報導的陸軍省令第 9 號、海軍省令第 3 號。7 月 31 日，海軍大臣西鄉從道、內務大臣大山岩、外務大臣陸奧宗光等向內閣提出意見書，重申對新聞雜誌等出版物實施事前審查的緊迫性，主張頒發「緊急敕令」（即在議會閉會期間，根據緊急需要，天皇可以代替法律，頒發命令）。8 月 1 日，日本政府公布《敕令第 134 號》，規定：「擬刊載關於外交或軍事事件之新聞雜誌及其他出版物必須向行政廳提交草稿並取得許可。行政廳之許可證由內務大臣指定。」「違犯上述法令，對其發行人、編輯人、印刷人或發行者、著作者、印刷者處以 1 月以上、2 年以下之監禁或 20 元以上 300 元以下之罰金。……本令自發布之日起實施。」[4]日本外務省根據《敕令第 134 號》和《訓第 570 號》文件，公布了便於具體操作的《審查內規》（3 條 26 項）和《審查方法》（6 條）。

1894 年 8 月 1 日，日本內務省宣布對有關甲午戰爭的報導實施「審閱」制度，各家報社所刊發稿件，須將原稿送呈指定的警察局「審閱」，加蓋「審

1　郭青劍：《攝影，曾經被日本用作侵華工具》，http://art.people.com.cn/n/2014/0327/c206244-24753729.html。

2　謝若初、呂耀東：《收買輿論是日本的「百年騙術」》，《解放軍報》，2017 年 2 月 5 日。

3　雪珥：《日本宣傳戰操控甲午戰爭風向》，《文史參考》，2011 年第 24 期。

4　日本國立公文書館藏《明治二十七年公文雜纂，內閣一》，轉引周彥、趙麗娟：《淺談甲午戰爭時期日本當局對新聞的控制》，《江橋抗戰及近代中日關係研究（下）》，2004 年。

查批准」印戳的稿件才可發表,對「有污點的事件」打上「禁止刊登」印記,
用墨水塗毀。9 月中旬,日本大本營規定,改行新的《新聞材料公示程序》,
嚴格統一新聞口徑。全國報刊只能到大本營設在廣島的副官部申請檢索當局
「許可發布」的消息,並在刊登後向副官部寄交一份報刊備案。

(三)嚴格控制本國記者隨軍採訪

日軍准許日本《國民新聞》《每日新聞》《讀賣新聞》《中央新聞》等 66
家報社約 130 名記者(包括 11 名畫家、4 名攝影記者)隨軍採訪日清戰爭。[1]
這批日本隨軍記者,有一些由貴族、政客、軍人兼任。《國民新聞》派出 30
多名隨軍記者,是日本派出記者最多的報社。社長德富蘇峰親自渡海來到遼
寧南部地區採訪。[2]日軍第 5 師團混成旅團有 32 名隨軍記者。

日軍對准許隨軍採訪甲午戰爭的日本記者,下達了極端苛刻的「隨軍紀
律」,指派軍官全程監視。隨軍在戰場活動的日本記者,看到了日軍佔領朝鮮
王宮等現象,無從知曉日軍執行的「極秘」計劃,只能按照日本軍方的意志,
採寫如《朝日新聞》刊載的《京城一戰》,將日軍圍攻朝鮮王宮說成是朝鮮士
兵進行挑釁。一旦某位記者被視爲「有害的記者」,即押遣回國,給予重罰。
[3]「甲午戰爭期間,日本政府和軍方爲了掩蓋其對中國和朝鮮的侵略罪行,制
定了統制輿論界各項命令和文件,對隨軍記者有關甲午戰況的報導嚴加控
制,將所有報導內容納入政府和軍方所規定的模式之內,不許越雷池一步,
致使大部報導內容失眞。」[4]

(四)政府行賄收買西方主流媒體

甲午戰端一開,日本外務大臣陸奧宗光即電日本駐歐美各國公使:密切
關注當地主流報刊及通訊機構的持論傾向,選擇獵物,重金收買,務必使其
壓制、篡改、隱匿來自遠東的報導,只發表「會於日本產生好感的新聞」,或
者乾脆裝聾作啞,保持沉默。[5]

駐英公使青木周藏向國內呈送報告稱:「我以前就與《泰晤士報》建立了

---

1 方一戈:《一個日本人筆下的「旅順大屠殺」》,《文史春秋》,2004 年第 5 期。
2 李康民:《甲午戰爭中的日本戰地記者》,《青年記者》,2013 年第 29 期。
3 方一戈:《一個日本人筆下的「旅順大屠殺」》,《文史春秋》,2004 年第 5 期。
4 周彥、趙麗娟:《淺談甲午戰爭時期日本當局對新聞的控制》,《江橋抗戰及近代中日關係研究(下)》,2004 年。
5 方一戈:《一個日本人筆下的「旅順大屠殺」》,《文史春秋》,2004 年第 5 期。

關係⋯⋯把英國政府拉向我們一邊⋯⋯請寄供政治上和私人之用的額外經費。」[1]日本內閣開會討論行賄。「日本外交部指示駐英公使青木，向路透社等英國媒體前後行賄 1600 英鎊左右，相當於現在 320 萬人民幣。」[2]對日本橫濱、神戶等外國人居住地出版的由外國人擔任社長的英文報紙，賄賂社長，買斷電稿，以使「不利消息」不致「經由這條暗道在本土登陸」。[3]

（五）批准西方媒體記者隨軍採訪

許多西方國家媒體向日中兩國提交申請隨軍採訪，日中兩國政府和軍方最初都沒有批准放行。

經日本前外相、時任駐英國、德國公使的青木周藏和駐美國公使栗野慎一郎的推動，日本軍方同意西方媒體的記者隨軍採訪。日本批准西方 129 名記者隨軍採訪（包括 11 名現場素描記者、4 名攝影記者），允許西方記者觀看日軍怎樣優待俘虜，如何照顧戰地的百姓。

清朝政府不僅不允許西方媒體記者隨軍採訪，還將誤入中方陣線的 2 名西方記者砍頭，引起風波。[4]

（六）極力掩蓋「旅順大屠殺」真相

日軍攻陷號稱「東亞第一要塞」的旅順，進行了 4 天 3 夜的搶劫、屠殺和強姦，2 萬多中國居民慘遭殺害，掩埋屍體的 36 人幸免於難。繼英國《泰晤士報》（11 月 26 日）、美國《世界報》（11 月 29 日）簡略報導旅順大屠殺之後，美國《世界報》從 1894 年 12 月 12 日起連續數天刊登隨軍記者克列爾曼的長篇「紀實報告」《日本軍大屠殺》及《旅順大屠殺》，在歐美、南亞等地激起軒然大波。英國《泰晤士報》《標準報》等進行跟進報導。全球許多報刊轉載克列爾曼的報導和相關文章，發表社論或讀者評議，對日軍慘無人道製造的遠東暴行感到痛心與憤怒。

12 月中下旬，日本政府以外務省名義兩次對外發布內容基本相同的書面聲明，稱：「外國新聞特派員、特別是《世界報》通訊員的報告誇大其詞，為引起轟動效應，進行了高度修飾」；日軍在旅順「自始至終遵守軍規，優待俘

1　《甲午戰爭日本收買世界媒體：路透社一篇 606 英鎊》，http://mil.huanqiu.com/history/2014-04/4972496.html。
2　雪珥：《日本宣傳戰操控甲午戰爭風向》，《文史參考》，2011 年第 24 期。
3　方一戈：《一個日本人筆下的「旅順大屠殺」》，《文史春秋》，2004 年第 5 期。
4　雪珥：《日本宣傳戰操控甲午戰爭風向》，《文史參考》，2011 年第 24 期。

虜」，那些被殺人員，「大部分」不過是「脫去軍裝，換了平民服，裝扮成當地居民的中國士兵」。[1]為了修補公眾形象，日軍佔領威海衛後，在所有隨軍記者的見證之下，給中國戰俘們提供了醫療服務後加以釋放，把自殺身亡的北洋水師提督丁汝昌的靈柩送回。

（七）日本隨軍記者扮演多重角色

日本隨軍記者報導甲午戰爭，遵命於日本政府和軍方，奔波於陸海兩個戰場，描述中國軍民的奮起抵抗，展現如同地獄一般的戰爭慘烈，採寫戰地報導迅速傳回國內，及時向外界告知戰爭進程。隨同日本聯合艦隊一直行動的攝影記者小川一眞等，拍攝旅順、威海、臺灣等地戰場景況，全程記錄黃海海戰。日本隨軍記者關於旅順戰役的報導，充斥著清軍野蠻、日軍紀律嚴明等不實內容。日本《二六新報》記者遠藤飛雲，1895 年 1 月 30 日隨同日軍第六師團進入剛剛被攻佔的威海南岸摩天嶺炮臺，被彈片擊中，不久斃命。

日本一些隨軍記者並不恪守新聞職業道德，卻獸性大發地淪為殺戮中國人的屠夫，成為戰爭罪行的施暴者。日本政府和軍方要求隨軍行動的記者，須統一服裝，不得攜帶武器，由軍兵站部統一調遣。日本第二軍攻佔旅順的消息傳來，一些日本隨軍記者和隨軍國會議員、擔卒、車夫、馬夫，立即趕赴旅順市街，「手持火把、日本刀、手槍」，夾雜在士兵之中一起行動，把「市街上看到的任何中國人，都當作好獵物」[2]，瘋狂屠殺。

二、制訂法規限制觀戰記者

（一）日俄戰爭主要在中國開戰

日俄戰爭（1904.2～1905.9），是帝國主義重新瓜分世界，爭奪勢力範圍的戰爭，110 萬日本人和 120 萬俄國人慘烈廝殺。1904 年 2 月 6 日，日本與俄國斷絕外交關係；8 日，日本海軍突然襲擊旅順港外的沙俄太平洋艦隊，擊沉在朝鮮仁川的俄國軍艦；10 日，日俄兩國同時宣戰。日本第一軍在仁川登陸，迅速北上，強渡鴨綠江，攻入中國境內，奪取大連，佔領營口，在旅順港附近摧毀俄國太平洋艦隊主力，攻克遼陽，被圍攻數月的旅順俄軍投降，取得奉天（今瀋陽）會戰勝利。遠道增援的俄國波羅的海艦隊在對馬海峽幾乎全軍覆沒。

---

1 方一戈：《一個日本人筆下的「旅順大屠殺」》，《文史春秋》，2004 年第 5 期。
2 方一戈：《一個日本人筆下的「旅順大屠殺」》，《文史春秋》，2004 年第 5 期。

日俄戰爭的主要戰場在中國境內，日俄雙方爭奪的對象是中國東北和朝鮮。軟弱無能的清朝政府作爲第一利害人，在日俄開戰後的第 4 天宣稱「局外中立」。一年半間，中國的大量居民被迫充當勞工，挖戰壕，砌炮臺，築馬路，陵墓寺廟房屋被毀壞，許多中國人慘遭殺害，國家在東北的權益被另一個強盜搶去。

（二）日本陸軍省制定觀戰條規

1904 年 1 月開始，日本東京聚集了逐漸增多的世界各大通訊社和報社的特派記者。其中有常駐中國的倫敦《泰晤士報》記者賴斯頓・詹姆斯・莫里遜，後以顧問身份活躍於中國政壇的英國《倫敦日報》和美國《紐約時報》特派記者威廉・亨利・端納，兼任特派記者的美國著名作家傑克・倫敦。

日本爲了擴大日俄戰爭的有利宣傳，准許各國媒體派出記者隨同日本軍隊進行戰地採訪。爲此，日本陸軍省發布《新訂報館訪事人觀戰條規》。這一對申請觀戰的記者等人員制定行爲規範的觀戰條規，全文如下：

新訂報館訪事人觀戰條規

一、願從軍觀戰之人，須將履歷及館主保單，稟呈陸軍省。外國人須經本國公使領事稟報外務省，只須稟報主姓名，及其報館之名，無庸履歷保單。

二、願從軍觀戰者，須一年以上從事報館事物者。

三、不通日語之外國人，准帶翻譯一人。翻譯自雇從僕，須將履歷保章，稟報陸軍省。

四、外國人除翻譯外，准帶一僕，如上例。

五、同時數報，可公選一人訪事。

六、既准從事，當即給文憑。

七、從軍訪事之人，屬於高等司令部。

八、從軍訪事之人，常川洋服，左腕圍以闊二寸之白布，以紅字書報館之名。

九、從軍訪事之人，須將文憑隨身攜帶，以便隨時查驗。

十、從軍訪事之人，須遵陸軍總統之命，恪守所訂規則，違即屏斥。

十一、從軍訪事之人，所有書函電報，非經本管將弁察閱，不得遞寄，並不准用暗電。

　　十二、軍署軍隊給與從軍訪事之人方便，可在開戰之地，隨時支給糧餉。僕從人等准附車船。

　　十三、有犯陸軍刑法及保護軍機者，依陸軍治罪法於軍法會議所治罪。

　　十四、本規第六條第十三條，翻譯僕從皆須遵守。[1]

　　至 1904 年 3 月 23 日，到日本軍備部報名申請前往中國東北地區進行採訪的外國各報記者已達 109 人。[2]外國特派記者們急於前往日俄戰爭的前線，日本政府卻遲遲不發允諾的戰地通行證。性急而又具有冒險精神的傑克‧倫敦，擅自行動，一路向北，從釜山租小船航行 6 晝夜，凍傷耳、手地到達朝鮮仁川，又租馬進入平壤，途中發稿，暴露了他的行蹤。日本政府以沒有得到隨軍出發的許可，擅自前往戰地的罪名，將傑克‧倫敦監禁一週，強制他退回遠離戰線的漢城。[3]

三、侵華戰爭中的新聞宣傳

（一）日本戰時軍事宣傳體制

1、日本設置軍事新聞宣傳機構

（1）日本政府的軍事新聞宣傳機構

　　1932 年，日本政府建立對內對外宣傳委員會，由內閣的陸軍、海軍、外務、內務、文部 6 個省派員聯合組成，統一領導監控新聞輿論工作。在日本軍部居支配地位的以片倉衷爲首的統制派，1934 年建議在「任何情況下，都要掌握輿論，封鎖內外反宣傳。」[4]1935 年 9 月，日本軍部指出：「爲了把大眾迅速地組織起來，必須首先鼓動起洶湧澎湃的國民運動，使改造國家成爲國民的自發信念。其根本的方向就是利用新聞事業……滿洲事變以來，軍部也曾利用新聞事業鼓動而得到成功，如這些眼前的明顯的事實所證明的，軍部必須有計劃地有效地利用報刊新聞的宣傳鼓動機能。」[5]

1　方漢奇、谷長嶺、馮邁：《近代中國新聞事業史事編年（十）》，《新聞研究資料》第18 輯，1983 年 3 月。

2　方漢奇、谷長嶺、馮邁：《近代中國新聞事業史事編年（十）》，《新聞研究資料》第18 輯，1983 年 3 月。

3　田兆運：《傑克‧倫敦冒險報導日俄戰爭》，《軍事記者》，2005 年第 7 期。

4　〔日〕《中日戰爭研究》，第 259 頁，轉引張昆：《十五年戰爭與日本報紙》，《日本研究》，1991 年第 2 期。

5　《日本帝國主義對外侵略史料》，轉引張昆：《十五年戰爭與日本報紙》，《日本研

　　日本政府依據第一次世界大戰後開始流行的總體戰思想，在增強國力、擴充軍備的同時，構建總體作戰體制，把全部國力盡可能地動員、統制起來。1936 年 6 月，日本軍部第三次修改帝國國防方針，把蘇、中、英、美列為日本今後作戰目標，並以佔有中國尤其是華北的豐富資源為急務。7 月，日本對內對外宣傳委員會改稱內閣情報委員會，直屬日本首相，作為收集、協調內外情報，統一對外宣傳的機關。民族精神是總體戰的基礎。1937 年 8 月 24 日，日本內閣通過《國民精神總動員實施綱要》，要求舉國一致盡忠報國。文部省出臺《國民精神動員實踐事項》，將精神總動員的原則要求變為具體的實施細則。

　　1937 年 9 月 25 日，日本內閣解散情報委員會，重組為內閣情報部，處理推行國策方面事項，統一收集情報、監督報導、組織宣傳，對報紙及其他出版物進行管制，指導或取締廣播。[1]11 月 17 日，日本天皇下令設置了名為大本營的最高統帥部。1938 年 3 月 24 日，日本通過《國家總動員法》，統制運用一切資源，將國家全部力量作最有效的發揮以達成國防目的。1941 年 12 月，日本政府頒發了「新聞事業令」，通過《言論、出版、集會、結社等臨時取締法》，擴大主管大臣及行政機關對報紙、公民自由等的控制權。

　　1942 年 2 月，日本政府解散 1941 年 5 月成立的報業聯盟（又譯日本新聞聯盟），成立由政府統制的日本報業會（又譯日本新聞會）並創刊機關報《日本新聞報》（1943 年 6 月 26 日）。隨著戰局的不斷惡化，日本報業會和軍部的一體化傾向愈演愈烈。1944 年 7 月，日本東條內閣全體總辭職，朝日新聞社副社長緒方竹虎就任小磯內閣的情報局總裁。1945 年 3 月，日本報業會被解散，由內閣情報局直接承擔統制指導報紙工作。6 月，日本陸軍報導部和海軍報導部合併組成日本政府大本營報導部。大本營報導部官員甚至對新聞報導的標題、印刷字號的大小都事無鉅細地下達指示，這些官員背地裏被人們稱為「大總編輯」「整理部長」。[2]

（2）日軍對華的軍事新聞宣傳機構

　　日本陸軍省新聞班、大本營報導部是日本陸軍、全國軍事新聞宣傳的領

究》，1991 年第 2 期，第 129～130 頁。

1　鄭超然、程曼麗、王泰玄：《外國新聞傳播史》，中國人民大學出版社，2000 年版，第 417 頁。

2　日本讀賣新聞戰爭責任檢證委員會：《二十世紀三四十年代的日本媒體》，http://yingliu165.blog.sohu.com/100264577.html。

導機構。1914 年 12 月，日本陸軍設置臨時軍事調查委員會，負責第一次世界大戰檢查新聞、搜集資料、做成報告、刊行書籍、對外演講等。一戰結束，臨時調查委員會的部分機構被以「新聞系」的名義而獨立。1919 年 5 月，日本陸軍大臣田中義一將「新聞系」升格爲陸軍省新聞班，負責檢查新聞雜誌、情報監察、製作新聞記事、引見新聞記者、參謀本部聯絡、總結輿論概觀、製作對內新聞記事、檢查憲兵報告、聯絡省內各局等項工作，直接操縱對華新聞。[1]

1937 年 7 月 11 日，七七事變爆發的第 4 天，日本陸軍省從參謀本部及部隊抽調 12 人加強新聞班力量，向上海派遣軍司令部派遣 7 名軍官配合新聞班開展工作。9 月 25 日，負責戰爭報導的日本內閣情報委員會升格爲內閣情報部，日本軍部立即在全軍設置報導部。11 月 19 日，日本大本營設置大本營陸軍報導部，領導全軍宣傳工作。[2]日軍報導部長配備大佐級軍官，各地日軍特務機關在一定程度上是日軍報導部附屬機構，負責指導與監督駐地的日僞報刊。日本華北方面軍司令官寺內壽一說：「宣傳工作，特別加強對各機關的統制，重點放在使中國軍民懂得其一切幸福的獲得，必須反共叛蔣，依靠親日反共的新政權」。[3]日軍宜昌作戰前線報導部寺田秋三大佐認爲軍宣傳班是陸軍的作戰部隊，他說：「軍宣傳班與航空兵、坦克兵及炮兵一樣，都是陸軍作戰部隊，是在明確這樣意識下的戰鬥部隊：對軍隊進攻目標，思想的炮彈要以宣傳力量射向對手心臟。因而，戰鬥部署須附帶宣傳的各種特殊任務，並在各部隊作戰範圍內予以全面展開。努力在統一指揮下，通過有效活動發揮宣傳的綜合威力。」[4]

1937 年 8 月 13 日，淞滬會戰爆發。15 日，日軍正式組建上海派遣軍。19 日，日本陸軍省新聞班先遣隊急抵上海，成立上海派遣軍報導部。23 日，上海派遣軍司令官松井石根率軍到達上海，上海派遣軍報導部掛牌工作，負

---

1 郭循春：《日本陸軍對華新聞輿論操縱工作研究（1919～1928）》，《民國檔案》，2017 年第 4 期。

2 許金生：《侵華日軍的宣傳戰——以日軍第 11 軍的紙質宣傳品宣傳爲中心》，《民國檔案》，2017 年第 3 期。

3 日本防衛廳戰史室：《華北治安戰（上）》，天津人民出版社，1982 年版，轉引郭貴儒：《日僞在華北淪陷區新聞統制述論》，《河北師範大學學報（哲學社會科學版）》，2003 年第 3 期。

4 〔日〕寺田秋三：《侵華日軍作戰宣傳案例史料——〈關於宜昌作戰前線報導部〉》，《抗戰史料研究》，2016 年第 1 輯。

責本軍的對外宣傳、新聞的發布與檢查及各種宣傳工具的操縱利用。11 月 5 日，日軍上海派遣軍改編為華中方面軍，所屬報導部亦改稱「華中方面軍報導部」，先後下設上海報導部、南京報導部及漢口報導部支部等。日軍進攻上海期間，日軍報導部利用日本同盟社和所召集的攝影家根據一定方針專門拍攝用於宣傳的「報導寫眞」，發布各報，印製宣傳品散發。侵佔南京後，鑒於利用照片宣傳的重要性日益提高，日軍報導部專門建立寫眞班以提高宣傳效果。1939 年 7 月，日軍華中方面軍參謀部制定《宣傳組織鞏固擴充大綱》，擴充全軍宣傳組織。9 月，日軍建立中國派遣軍，原華中方面軍報導部成為總軍報導部，領導侵華日軍的宣傳報導工作。「總軍報導部實施華中方面的宣傳報導（主要是掌握、指導對內外、對華言論通訊機關及廣播電影等），並且協助呂集團進行的宣傳報導工作。」[1]

1938 年 6 月組建的日軍第 11 軍（通稱呂集團），自攻佔武漢後成為日軍在華中地區的野戰軍主力。1939 年 1 月中旬，呂集團建立隸屬軍參謀部作戰課的宣傳班，領導全軍的宣傳工作。初編有 7 人，負責全盤指導的主任參謀 1 人，負責各項工作和制定計劃的班長 1 人，編輯 4 人，繪畫 1 人。「軍宣傳班實施的宣傳宣撫工作，將重點主要置於對敵軍、敵地居民。對佔領地居民則製作宣撫用宣傳畫，將其分發給各部隊，令各部隊宣傳機關實施。」[2]1939 年 7 月，呂集團宣傳班根據日軍華中方面軍參謀部的指示，還承擔了原由漢口報導部支部負責的武漢方面對敵及民眾的宣傳工作。呂集團宣傳班製作散發了名目繁多、數量巨大的紙質宣傳品，有傳單、繪畫、布告、「宣傳冊兼俘虜優待證」（即投降證）、「和平救國」、「孔夫子教訓」、「告中國良民」、「討蔣愛民」等小冊子和《國民抗戰報》《民眾時報》《武漢畫報》《興亞畫報》《明朗俘虜之生活畫刊》等報紙。

日軍報導部指揮隨軍記者開展戰地報導，所制定的宣傳計劃、指導綱要等，是所屬部隊、隨軍記者和偽政權實施新聞宣傳和輿論統制所遵循的基本依據。1937 年 12 月 13 日，日軍佔領南京。日本華中方面軍報導部指揮日本各大新聞機構，迅速地在南京恢復或組建分支機構，作為在南京採訪與報導的據點。1942 年 12 月，日本華北方面軍報導部制定了《ぁ號戰時的華北宣傳

1　許金生：《侵華日軍的宣傳戰──以日軍第 11 軍的紙質宣傳品宣傳為中心》，《民國檔案》，2017 年第 3 期。

2　許金生：《侵華日軍的宣傳戰──以日軍第 11 軍的紙質宣傳品宣傳為中心》，《民國檔案》，2017 年第 3 期。

計劃》《處理英美權益時的宣傳報導計劃》《對英美戰爭的思想戰指導綱要》。
《あ號戰時的華北宣傳計劃》指出：「英美兩國在東亞是日滿華的共同敵人，這一點應使中國民眾有深刻的認識，以便將民眾心理集中在東亞民族解放這一問題上。」《處理英美權益時的宣傳報導計劃》和《對英美戰爭的思想戰指導綱要》指出：「此次對英美的戰爭，是新秩序對舊秩序的對抗鬥爭，闡明東亞解放聖戰的意義，指出挑起戰爭的責任在於英美，強調日華滿三國爲確立東亞共榮圈，應當互相協力，分擔戰爭義務，直到最後勝利。」[1]

日軍報導部嚴密控制重要的新聞報導，軍事消息或日本國內新聞，由日本同盟社送至各地的日文報刊，另譯中文稿送至各地的僞報社；僞組織消息或與僞組織有關的事項，由日軍報導部編製成闡明要點的新聞，送至各地的僞政權，譯成中文並改爲僞政府語氣，發給僞通訊社及各地報刊。日軍報導部對於較重要的政治、軍事、經濟、文化等事項，通令各地報刊依其旨意撰寫社論，闡發論點。

日軍爲了掩飾自己在中國首都南京殘無人道的暴行，有組織的製造事實騙取輿論。留在南京的金陵大學美籍教授邁思在一封信中給予了揭露和批判，他寫道：「我們也更加瞭解了日本的新聞宣傳！在他們濫施淫威的一月份，日本新聞小組在城裏演出日本士兵給小孩發糖和一名日本軍醫給 20 名孩子檢查身體的鬧劇，但這些舉動在照相機不存在時怎麼沒有重複呢？」[2]

（3）日軍宜昌作戰前線報導部

日軍在進行宜昌戰役期間，設置了宜昌作戰前線報導部及漢口留守部。宜昌作戰前線報導部的力量編成，由基本力量、支持力量和借用力量三個部分構成。

宜昌作戰前線報導部的基本力量，有寺田秋三大佐、杉原少佐、菊池中尉、山口中尉及漢口報導部的報導、宣傳人員；支持力量有上田少佐、漢口廣播電臺的前線廣播班、受淺沼囑託特意從上海趕來的錄音班、武漢《大陸新報》特派員；借用力量有日本同盟社和《朝日新聞》《每日新聞》《讀賣新聞》等前線基地班。

1　日本防衛廳戰史室：《華北治安戰（下）》，天津人民出版社，1982 年版，第 70、71頁，轉引郭貴儒：《日僞在華北淪陷區新聞統制述論》，《河北師範大學學報（哲學社會科學版）》，2003 年第 3 期。
2　毛麗萍：《一篇報導 25 句，19 句半都是假話》，http://news.ifeng.com/gundong/detail_2011_12/13/11275080_0.shtml。

宜昌作戰前線報導部的工作任務有 8 項，分別是：（1）提供軍隊發言及報導資料。（2）對敵方廣播。（3）策劃對應戰況的傳單宣傳。（4）爲《武漢報》提供民眾宣傳的特別資料。（5）爲漢口留守部傳送戰地新聞、爲前線部隊空投戰地報紙。（6）指導錄音班工作。（7）引導作家等到前線採訪。（8）引導外國通訊員視察戰況。[1]漢口留守部的工作任務：平時工作任務之外，（1）製作傳單、宣傳畫宣傳品，並協助空軍發送到前線基地，及時補給前線兵團。（2）發行戰地報紙，並發送到前線部隊。（3）電話接受前線報導資料，並提供給《武漢報》、漢口《大陸新報》。（4）檢查前線各兵團隨軍特派員發往報社的報導。前線各兵團配備各報通訊員的工作任務，開展新聞報導，拍攝新聞照片及影片。

2、日軍實施戰時新聞審查制度

（1）強調滅絕排日思想

日本關東軍製造九一八事變，1931 年 11 月 10 日指使並主持成立由日本顧問主持一切事務的僞自治指導部，爲建立僞滿洲國作準備。僞自治指導部頒布秘密文件《自治指導服務心得》，強調「對各種言論機關及集會等內部情況應特別注意，以滅絕排日思想」[2]，開始在中國東北地區實行法西斯的新聞統制政策。

七七事變後，日本在華新聞統制政策增添了溫和色彩。1938 年 1 月，日本御前會議通過《處理中國事變的根本方針》，將包括新聞事業在內的文化事業統制政策表述爲「實現文化合作」。11 月，日本御前會議通過《調整日華關係的方針》，進一步將「文化合作」解釋爲「在文化的融合、創造和發展上互相合作。」[3]溫和的用語「文化合作」，絲毫改變不了充滿血腥氣息的日本侵華新聞政策的暴力統制實質。

（2）制定新聞禁載規定

1937 年 7 月 13 日，日本內務省警察保安局在盧溝橋事變爆發不到一周，向廳長官及各府、縣發出了控制反戰及涉華日軍的《處理有關時局報告的文

1　〔日〕寺田秋三：《侵華日軍作戰宣傳案例史料——〈關於宜昌作戰前線報導部〉》，《抗戰史料研究》，2016 年第 1 輯。

2　黃瑚：《日本在我國淪陷區的新聞統制政策》，《新聞大學》，1989 年第 3 期。

3　張蓬舟：《近五十年中國與日本》，第 3 卷，轉引黃瑚：《日本在我國淪陷區的新聞統制政策》，《新聞大學》，1989 年第 3 期，第 361、371 頁。

件》，規定在宣傳報導中，對「反戰反軍的演說」、「離間軍民」的報導及「有將日本對外政策喻爲侵略主義之虞的內容」，要嚴加注意並取締；所有有關在華日軍的紀事、照片，除陸軍省外一概不許發表。[1]同時，內務省警保局命令各個府、縣的特高課課長：「要和主要日刊報社通訊社及主要雜誌發行所的負責人懇談」，「深層指導」媒體等宣傳機構。[2]7 月 28 日，日本內閣陸軍省新聞報導班制訂《新聞揭載禁止事項許可判定要領》。7 月 31 日，日本內閣通過了「新聞報刊法第 27 條」，規定陸相、海相、外相有權禁止和限制有關軍事、外交事項新聞報導的發表。同日，日本陸軍省根據「新聞報刊法第 27 條」的規定，公布「陸軍省令第 24 號」，規定：有關陸軍的新聞報導，應事先準備兩份，分別交給警視廳和各府縣警察機構，須得到陸軍省的許可後方可公開刊行；同時審訂了《新聞揭載禁止事項之標準》。8 月 16 日，日本海軍省根據「新聞報刊法第 27 條」的規定，公布「海軍省令第 22 號」，援引日本「陸軍省令第 24 號」的有關規定。[3]8 月 24 日，日本內閣通過《國民精神總動員實施綱要》，規定指導輿論的原則是「統一國家輿論，以收舉國一致之實」。9 月 9 日，日本陸軍省新聞報導班發布《報紙可否登載事項審訂綱要》，規定不許刊登「凡對我軍不利的通訊、照片」，「逮捕、審訊中國兵和中國人的通訊，可能給人以虐待感的照片」，「慘不忍睹的照片」，刊登「關於中國兵的慘虐行爲的記事則無礙。」[4]

日本在七七事變後，公布《軍事機密保護法》的修改條令，規定：「新聞記者由於業務關係所獲的軍事機密如擅自洩露於眾，可判處死刑、無期和 4 年以上徒刑。」[5]日本對前往中國戰場採訪的記者與傳媒的管理條例規定：「本次出征是爲了即將到來的東洋和平的一場聖戰。爲實施聖戰奔赴戰場的皇軍是以正義爲宗旨的。參加報導的各位請牢記，任何報導絕不允許有絲毫損害

1　〔日〕《出版警察報》，第 108 號，1937 年 9 月，第 10 頁，轉引經盛鴻：《日本的新聞傳媒與日本的侵華歷史》，《抗戰史料研究》，2014 年第 1 輯。

2　日本讀賣新聞戰爭責任檢證委員會：《二十世紀三四十年代的日本媒體》，http://yingliu165.blog.sohu.com/100264577.html。

3　〔日〕栗屋憲太郎、中原裕：《戰史新聞檢閱資料　別冊》，轉引經盛鴻：《日本的新聞傳媒與日本的侵華歷史》，《抗戰史料研究》，2014 年第 1 輯。

4　〔日〕《現代史資料 41·宣傳動態 2》，東京，米斯支書房，1975 年，轉引經盛鴻：《日本的新聞傳媒與日本的侵華歷史》，《抗戰史料研究》，2014 年第 1 輯。

5　殷占堂編譯：《侵華日軍：「不許可」照片背後的眞相》，http://mil.news.sina.com.cn/2006-12-19/0845421200.html。

皇軍威信之處。可以報導的如皇軍的赫赫戰果、皇軍官兵的立功故事、佔領地和平的恢復。一旦發現報導有損皇軍體面，降低國民戰鬥意志等反戰言論，將堅決採取相應措施。請與軍方合作。」[1]

（3）禁止刊發不利事項

1941 年 12 月，日本內閣情報部在太平洋戰爭開戰的同時，完全禁止刊發大本營許可之外的一切報導，同時下達通告：「一般來說，對我軍不利的事項一律禁止刊發。但是，對有助於認識瞭解戰場實況，高揚同仇敵愾之情的報導給予刊發許可」。[2]

七七事變後各報前線記者自由採寫的獨家新聞被大本營統一發布的戰爭報導完全取代，大量出現所謂鼓舞士氣的虛假報導。根據《大本營戰爭公報》的統計，1943 年日本海軍的損失被縮小的程度，分別是：戰鬥艦艇爲五分之一，其中，航空母艦爲五點五分之一，戰艦爲二點七分之一，巡洋艦爲四點五分之一，驅逐艦爲六點五分之一；輔助艦艇約爲五分之一，飛機約爲七分之一，運輸船爲十六分之一。[3]

（4）強行檢查租界新聞

1937 年 11 月 12 日，日軍攻佔上海，向上海租界當局提出了 4 項強制性要求，取締一切反日機關，禁止一切反日宣傳品；驅逐中國政府機關及代表；禁止中國政府的新聞、郵電檢查；禁止未經許可設置中國無線電通訊機構。上海租界當局表示，盡可能滿足日方要求，勸請有關人員離開租界。[4]

1937 年 11 月 28 日，日軍接管國民政府軍委會中央新聞檢查處上海新聞檢查所，強佔上海電報局，實行電報檢查。1938 年 1 月 2 日，日軍強行接收中國國際無線電臺。日軍接管後的上海新聞檢查所，歸屬日軍報導部管轄，維新政府同上海市政府亦派員檢查。美國《紐約時報》駐上海記者在報導中

---

1 〔日〕曾根一夫：《我所記錄的南京屠殺（續）》：張憲文：《南京大屠殺史料集》（10），江蘇人民出版社，2005 年版，第 254 頁，轉引經盛鴻：《日本的新聞傳媒與日本的侵華歷史》，《抗戰史料研究》，2014 年第 1 輯。

2 日本讀賣新聞戰爭責任檢證委員會：《二十世紀三四十年代的日本媒體》，http://yingliu165.blog.sohu.com/100264577.html。

3 《太平洋戰爭史》第 4 卷，轉引張昆：《十五年戰爭與日本報紙》，《日本研究》，1991 年第 2 期，第 81 頁。

4 郭太風：《日本帝國主義摧殘上海文教新聞事業罪行述評》，《上海紀念抗日戰爭勝利 60 週年研討會論文集》，2005 年，http://cpfd.cnki.com.cn/Article/CPFDTOTAL-SHSL200508001022.htm。

稱，日軍在上海實行新聞檢查，不准外國記者報導南京城有關「日軍軍紀敗壞」之類的報導。英國《曼徹斯特導報》記者田伯烈在上海幾次要求前往南京採訪遭到日方斷然拒絕，他根據對上海、南京等地的調查材料撰寫的報導揭露了日軍的戰爭暴行，「據可靠觀察家稱，一長江下游一帶，被日軍殘殺之中國平民達 30 萬人。」田伯烈向英國拍發的新聞電報，1938 年 1 月 16 日被上海外文電報局日本檢查員發現，「向當局請示」，「予以扣壓」。田伯烈「屢經交涉，都不得要領。」[1]

（5）新聞照片的「不許可」

審查隨軍記者拍攝的照片，在七七事變前後，分別由日本內務省警保局圖書科和日本陸軍省、海軍省、情報局負責。根據陸軍省、海軍省 1937 年 7 月 28 日公布的《新聞（雜誌）登載事項許可與否的判定要領》，規定了 14 類照片不允許刊載，飛機場及關於飛行事故、旅團長（少將）以上官員、擁有軍旗的部隊及關於軍旗、多數軍官集中、擁有司令部、本部名稱、部隊的移動、換防、通過、進入等可能暴露戰略意圖和水陸兩用坦克名稱等圖片禁止刊載。攝影記者佐藤振壽說：「我們被明確地告知不論是中國士兵還是日本士兵的屍體是不能拍攝的。關於武器裝備的照片也是要嚴格審查的，但我想換個角度拍攝也許能通過審查，結果這些懷著僥倖心理拍的照片都沒有通過。還有一次，我在戰場上拍了一組搶救傷員的照片。我給這組照片起的題目是《戰友愛》，心想這樣的照片肯定能發表。但是沒有想到它們卻被判為不許可發表。理由是這組照片容易引起厭戰情緒，喪失戰鬥意志。」大阪每日新聞社攝影部攝影記者辻口文三回憶戰地攝影的審查時說：「飛機場還有武器裝備，標有名稱的車站碼頭的照片都不能發表。有一回，我拍了一張火車的照片。誰料想這張照片也不能發表。理由是在這張照片上可以通過火車的車窗看到遠處的山，而這個山上有高射炮陣地。在這樣的審查制度下，經常是一套膠卷 36 張底片都不許可發表。」[2]

日本媒體隨軍記者在中國戰場所拍攝的照片，通過輪船、飛機等傳回國內，進行編號和沖洗，貼於相冊。按照規定，向陸軍省、海軍省和情報局提

1　《侵華日軍南京大屠殺史料》，江蘇古籍出版社，1997 年版，第 158 頁，轉引經盛鴻、開云：《侵華日軍在南京大屠殺期間對新聞輿論的控制與利用》，《南京師範大學學報（社會科學版）》，2004 年第 6 期。

2　殷占堂編譯：《侵華日軍：「不許可」照片背後的真相》，http://mil.news.sina.com.cn/2006-12-19/0845421200.html。

供同一張底片的 4 張照片作爲審查之用。獲准發表的照片蓋上「檢閱濟」的字樣，未獲准發表的照片蓋有「不許可」的字樣。

「不許可」刊載的日本隨軍記者拍攝的照片有：日軍通過盧溝橋，關東軍裝甲列車到達豐臺，日軍強徵中國民工在北平豐臺郊外秘密修建飛機場，日軍北平通縣守備隊汽車被中國保安隊毀壞，日軍士兵用裹腳帶止血救急後送往後方，日軍在上海捆綁中國俘虜，日軍在上海里弄砸門翻窗入室，南京私立廣東醫院被日軍空襲摧毀，日軍換上中國百姓的衣服在黃河沿岸進行偵查，日軍使用毒氣，日軍飛機轟炸京漢、正太線石家莊火車站，日軍士兵用古老的火箭射向中國軍隊陣地以燃起大火，日軍在太原城裏抓捕中國軍民，侵華日軍在中國園林，日軍士兵用搶來的中國老百姓的牛車運送彈藥，日軍士兵用嬰兒車搬運搶來的財物，汪精衛夫婦的裸體跪塑像……

圖 6-1　蓋有「不許可」字樣的照片，日軍士兵殘忍刺殺被俘中國士兵[1]

日本戰敗後，日本軍部下令將戰爭見證的資料全部燒毀，數千萬份日本罪行記錄被付之一炬。每日新聞社大阪總部悄然違抗命令，將隨軍記者在戰

1　《不許可寫眞：被侵華日軍禁止發表的照片》，http://www.krzzjn.com/html/IMG982.html。

地拍攝的照片和底片轉移到報社旁邊梅田飯店的地下室裏，雖然遭臺風水淹的毀損，仍有部分照片和底片得以保存。1977 年 1 月，日本每日新聞社出版了大型叢書《一億人的昭和史》，叢書第 10 冊是《「不許可」寫真史》，1998年 12 月，日本每日新聞社出版兩冊一套的《「不許可」寫真集》，將日本侵略者為掩蓋戰爭罪行的「不許可」照片公諸於世。

3、日軍徵調民力組織隨軍記者

日本發動侵華戰爭，有一支主要以大眾傳媒為武器的「筆部隊」與「槍部隊」比肩而戰。日本侵華「筆部隊」的構成，有日本傳媒響應政府召喚派出的傳媒專業人員，有軍方委託派遣的傳媒專業人員及招募的文學界人士，還有從事無線電通信的技術人員及主動投身侵略戰爭的個人。就傳媒專業人員而言，受日本陸、海軍委託派遣的人員成為軍隊文職人員，隸屬陸、海軍省報導部，稱「報導班員」；由各傳媒自己派遣的記者則稱「特派員」。[1]

（1）「懇談」新聞記者要求「協力」

1937 年 7 月 11 日，日本近衛文麿首相召集各新聞通訊社的代表發表「懇談」，要求他們「協力」日本對華戰爭；13 日，又召集《中央公論》《改造》《日本評論》《文藝春秋》等日本幾家著名雜誌社的代表，向他們提出了同樣的要求。[2]同盟通信社社長岩永裕吉表示輿論界將「舉國一致支持政府的方針」。[3]

8 月，上海派遣軍司令官松井石根到達上海，多次接見日本記者指導訓戒。10 月 9 日，松井石根在司令部會見應邀而來的 10 多名日本記者，他在日記中寫道：「各個報社通訊員都能很好的領會我的意思，他們在散會前都表示要以對付緊急事態的態度努力做好其通訊報導工作，並積極配合做好支持我軍的工作。另外，今天上海各報社以及同盟、朝日新聞、每日新聞的代表都來到我處，代表其全體報社記者向我全軍將士呈交感謝信，並一同合影留念。」[4]

---

1 劉立軍：《日本侵華戰爭中的「筆部隊」》，《鍾山風雨》，2008 年第 6 期。
2 王向遠：《「筆部隊」及其侵華文學（二）》，《文藝報》，2007 年 5 月 26 日。
3 孫繼強：《試論侵華戰爭時期日本報界的戰時體制》，《求索》，2010 年第 2 期。
4 《南京大屠殺史料集》（8），轉引經盛鴻：《南京大屠殺期間日本隨軍記者、作家群體活動分析》，《民國檔案》，2007 年第 2 期，第 92 頁。

圖 6-2　盧溝橋事變後，日本記者在前線採訪日本華北駐屯軍參謀
　　　　鈴木京[1]

（2）媒體的特派員蜂擁來華

　　1937 年 12 月 1 日，日本大本營下令進攻中國首都南京。日軍華中方面軍報導部將蜂擁而至的日本記者統一分配，跟隨參戰的各個師團一起行動。日軍華中方面軍司令官松井石根的秘書田中正明說：「在（南京）這樣一塊狹小的地區，有 120 名幹練的新聞、雜誌、廣播電臺、電影攝影師和隨軍記者進行採訪。戰前，（日本）各大報社、通訊社在這裡設有分社，記者對南京的地理情況瞭如指掌。此外，大宅壯一、木村毅和兩條八十等著名的文學家也來到南京。大宅以《東京日日新聞》社特派記者團團長的身份，帶領該社 30 餘名特派記者和攝影記者，佔據了（南京）市內的舊分社。像各部隊都想先衝進南京一樣，在狹小的南京城內，他們也在爭搶特快消息。」[2]

　　日本傳媒派遣來到南京前線的記者不只 120 人。參與南京戰事報導的日本主要媒體，有日本的官方通訊社同盟社和三大報紙《東京朝日新聞》《東京

1　《下令日軍炮轟宛平城者究竟何人？還原「盧溝橋事變」經過》，http://www.krzzjn.com/html/IMG1376.html。

2　田中正明：《「南京大屠殺」之虛構》，世界知識出版社，1985 年，第 190 頁，轉引經盛鴻、開云：《侵華日軍在南京大屠殺期間對新聞輿論的控制與利用》，《南京師範大學學報（社會科學版）》，2004 年第 6 期。

日日新聞》《讀賣新聞》及《大阪朝日新聞》《大阪每日新聞》等報社和《中央公論》《文藝春秋》《主婦之友》《日本評論》《改造》等雜誌社。東京朝日新聞社派遣 80 多人、大阪每日新聞社派遣 70 多人前往戰地。[1]這批隨軍記者中不乏日本新聞界的名流，日本同盟社上海分社社長松本重治和記者新井正義、前田雄二、深澤幹藏，《東京朝日新聞》隨軍記者今井正剛、中村正吾、足立和雄、守山義雄，《讀賣新聞》特派記者浮島、小俁行男，《東京日日新聞》特派記者淺海一男、鈴木二郎、五島廣作、金子義男及攝影師佐藤振壽，《東京日日新聞》原南京分社社長志村冬雄，《大阪每日新聞》京都分社記者光本等，都是日本的著名記者。[2]據 1941 年《日本新聞年鑒》記載，在 1937年七七事變發生四周內，日本派遣來華的新聞工作者有 400 人；10 月中旬，增至 600 人；第二年 10 月武漢陷落時增至 1000 人；1940 年 3 月猛增至 2384人；人數最多時僅隨軍隨軍記者就有 2586 人。[3]

　　日本大型雜誌《文藝春秋》發表的匿名評論《向南京進軍！進軍！》，描述了日本新聞界湧向南京前線採訪的狂熱場面：「向南京進軍！向南京進軍！戰馬勇猛，軍靴鏗鏘。新聞界也不甘落後。所有的記者神經都伸向南京，一切策劃和準備都爲了南京。一旦報紙沒登特派員報導，大報自不必說，連小報都遭到讀者抱怨。每當聯絡船抵達上海，都能看到敢於敵前搶灘登陸者手持鉛筆，背著相機、糧食和登山包的身影。他們或搭乘軍用卡車，或乘坐舟船，或徒步 680 里，行走在埋有地雷的江南田野上，全部向南京城殺來。報導南京的陣容爲記者、攝影師、無線電技術員、汽車駕駛員等，合在一起大概有 200 多人。這簡直是新聞界的黃金時刻。這是報導戰線的大發展」。[4]日本傳媒紛紛將卡車、公共汽車改裝成移動工作車，爲在前線採訪的記者提供便捷的無線電通信。東京日日新聞社攝影記者在日記中記述了他們的緊張工作情況：「記者們白天去司令部和聯隊本部採訪，傍晚回來後便忙著趕寫稿件，然後用無線電報發出稿。……無線電技師在燭光下拼命地按著無線電發報機

1　經盛鴻：《南京大屠殺期間日本隨軍記者與作家》，《百年潮》，2008 年第 12 期。

2　《南京大屠殺史料集》（8），轉引經盛鴻：《南京大屠殺期間日本隨軍記者、作家群體活動分析》，《民國檔案》，2007 年第 2 期，第 92 頁。

3　李瞻：《世界新聞史》，轉引黃瑚：《日本在我國淪陷區的新聞統制政策》，《新聞大學》，1989 年第 3 期，第 840 頁。

4　《南京大屠殺史料集》（6），轉引經盛鴻：《南京大屠殺期間日本隨軍記者、作家群體活動分析》，《民國檔案》，2007 年第 2 期，第 251～252 頁。

的鍵鈕，或許是稿件太多，嘀嘀嗒嗒的聲音到 12 時還響著。」[1]

日本傳媒的聯絡員開著摩托車將攝影記者在南京拍攝的照片送到上海，從日本飛到上海的飛機將照片送到日本福岡，再傳送到大阪、名古屋、東京。日軍隨軍記者得到日本軍部的支持，依靠無線電通信和飛機，非常快捷地將日軍侵華的戰事新聞及時發送到國內。日本各報社、通訊社「對前線部隊從軍記者戰況報導予以重視。前線報導部必須接受前線部隊從軍記者有補充性質的局部戰況報導，並作為預發稿件。」[2]

1941 年 12 月太平洋戰爭開始後，日本政府更加嚴格地控制消息來源，仿照德國軍隊的宣傳中隊，徵調各報的記者、攝影師，組成前線報導班，在前線司令部的指揮下，按照軍方的立場採寫戰爭消息，然後由大本營統一發布供各報刊用。日軍報導部組織日本傳媒從軍記者與汪偽政府傳媒人員座談，交流戰地採訪情況，暢談戰地採訪感想。1944 年 6 月 24 日，日軍報導班組織從軍記者海野秀雄（讀賣新聞社特派員）、秦泉寺清三（同盟通信社副參事）、大島右助（朝日新聞社漢口支局長），在武漢與中國的通訊社、報館記者舉行座談會，懇談日軍發布軍令，實行「勿燒、勿犯、勿殺」的「三勿主義」。[3]

（3）日本隨軍記者不惜賭命

日軍隨軍記者特別是攝影記者不惜以生命為賭注，經常出沒於火線，有的帶著照相機登上 97 式雙座單引擎飛機，坐在後座從空中觀戰，有時還把在空中偵察到的中國軍隊情況，寫個紙條塞進通信筒投給地面的日軍。[4] 跟隨日軍在前線採訪的日本記者，有的在戰場被擊斃。跟隨第一波日軍衝到南京城光華門下的《福岡日日新聞》記者比由國雄，被第二波衝上來的日軍誤認為是中國兵刺死。《東京日日新聞》攝影記者濱野嘉夫死於南京雨花臺前線，他的同事藤本火化他的遺體，背著他的骨灰，一道享受南京入

1　《南京大屠殺史料集》（10），轉引經盛鴻：《南京大屠殺期間日本隨軍記者、作家群體活動分析》，《民國檔案》，2007 年第 2 期，第 438～439 頁。

2　〔日〕寺田秋三：《侵華日軍作戰宣傳案例史料──〈關於宜昌作戰前線報導部〉》，《抗戰史料研究》，2016 年第 1 輯。

3　《日本從軍記者座談會》，《中華日報》，1945 年 6 月 29 日～7 月 2 日，轉引王向遠：《日本對華文化侵略與在華通信報刊》，《蘇州科技學院學報（社會科學版）》，2005 年第 3 期。

4　余戈：《侵華戰爭中的日軍「筆部隊」》，http://blog.sina.com.cn/s/blog_4b1de59b01000bfs.html。

城的喜悅。[1]

1937 年 12 月 18 日下午，侵佔南京的日本陸海軍為攻佔南京陣亡的日軍官兵聯合舉行「慰靈祭」，「戰死的隨軍記者和攝影師也包含在內。」[2]1938 年 5 月，日本讀賣新聞社編輯出版《特派員決死攝影——支那事變寫真帖》，編者在前言中說：盡忠的皇軍推崇「一死報國」，《讀賣新聞》記者崇尚「一死報導」。[3]

前往戰地的日軍陸、海軍報導班的人員總數不明，據全日本新聞聯盟編輯的《從軍記者》一書的統計，陣亡、失蹤人員超過 250 人。[4]

（4）組織作家前往中國戰場

1938 年 8 月，日本內閣情報部組織作家「從軍」，前往中國戰場。陸軍省新聞班的松村中佐說：雖說是從軍，但並不對作家提出硬性的要求，完全是無條件的。現在時局重大，相信作家們會有正確的認識；看一看戰爭的現狀，未必馬上寫出戰爭文學作品，十年後執筆也好，二十年後再發表作品也好，悉聽尊便。[5]瀧井孝作、杉山平助、林芙美子、久米正雄、白井喬二、菊池寬、吉川英治、佐藤春夫等 22 名日本作家，從日本軍部領到了高額津貼、軍服、軍刀、手槍、皮裹腿，編為陸軍班和海軍班，乘飛機來到中國戰場。11 月，日本軍部又組織了長谷川伸、中村武羅夫、北條秀司等第二批作家前往中國戰場。「從軍」的日本作家們，足跡幾乎遍及日本侵華戰爭的每一個戰場，訪問日軍官兵，傾聽他們的述說，走訪中華民國維新政府……。日本的評論家、詩人、畫家、音樂家亦加入了日本侵華「筆部隊」的行列。1943 年，關東軍記者俱樂部組織了由作家、記者、攝影人員、廣播人員等 300 多人組成的戰地記者團，向他們灌輸為「大東亞共榮圈」建設獻身的殉戰思想。同年 1 月 13 日，關東軍報導部部長長谷川率領並指揮戰地記者團，來到中蘇邊境第一線進行實戰報導演習。[6]

---

1 《南京大屠殺史料集》（6），轉引經盛鴻：《南京大屠殺期間日本隨軍記者、作家群體活動分析》，《民國檔案》，2007 年第 2 期，第 256 頁。

2 《南京大屠殺史料集》（10），轉引經盛鴻：《南京大屠殺期間日本隨軍記者、作家群體活動分析》，《民國檔案》，2007 年第 2 期，第 428 頁。

3 余戈：《侵華戰爭中的日軍「筆部隊」》，http://blog.sina.com.cn/s/blog_4b1de59b01000 bfs.html。

4 余戈：《侵華戰爭中的日軍「筆部隊」》，http://blog.sina.com.cn/s/blog_4b1de59b01000 bfs.html。

5 王向遠：《「筆部隊」及其侵華文學（二）》，《文藝報》，2007 年 5 月 26 日。

6 《滿洲國現勢》，1944 年，第 236 頁，轉引張貴：《東北淪陷 14 年日偽的新聞事業》，

　　日本的作家們創作了大量的侵華戰爭文學作品。日本新感覺派中心人物之一的川端康成，慫恿出版社編輯出版《英靈遺文集》，稱在侵略戰爭中斃命的日軍士兵「遺文」是「日本精神的結晶」。在他看來，「這種殉忠精神的純潔性是莊嚴悠遠的，而且是悲願極致的，所有這些英靈的遺文，就是這種日本魂經過戰爭而淨化了、閃光了」。[1]「真想把武漢長滿棉花的大平原據爲日本所有」的林芙美子，在書信體從軍記《戰線》中，冷酷的記錄日軍士兵殺人前的對話和血腥的殺人場面，而「非常理解他們，我不覺得那種事情有什麼殘酷」，被稱作是日本陸軍班的「頭號功臣」。在中國前線停留時間最長的杉山平助，最先報導日軍佔領漢口，被稱作是海軍班的「頭號功臣」。有「侵華文學第一人」之稱的火野葦平，具有衝鋒陷陣的士兵和戰地作家的雙重身份。1937 年，火野葦平攜筆應徵入伍，被編入第 18 師團，參加徐州會戰、武漢會戰和安慶、廣州、海南島之戰，創作《糞尿譚》獲日本軍部操縱的「芥川文學獎」，並被調入軍報導部，創作了由《麥子與士兵》《土地與士兵》《花朵與士兵》組成的《士兵三部曲》，塑造了忠、勇、義、烈的日軍士兵形象，滿足了日本讀者的期待，發行量達 300 萬冊，獲得了「朝日新聞文化獎」、「福岡日日新聞獎」，日本軍部表彰他爲「國民英雄」，成爲日本天皇最爲賞識的作家之一，戰後被列爲頭號「文化戰犯」。[2]

　　日本侵華的「筆部隊」，以筆征戰，蘸血爲墨，與「槍部隊」沆瀣一氣。日本的記者、攝影師、作家、評論家、詩人、畫家、音樂家等加入侵略戰爭的宣傳行列，成爲了戰鬥員，支持和配合日本侵華戰爭，欣然「筆徵」，採寫侵華戰爭的戰事報導、創作侵華戰爭的文學作品，對非正義的侵略戰爭進行粉飾，美化侵略戰爭，爲日軍和國民打氣。在他們的筆下，日本侵略者的殺戮、強姦、搶劫等慘無人道的野蠻暴行是「英勇無畏」，侵略軍成了和平的使者，侵華戰爭成了製造和平的「聖戰」，窮兇極惡的日軍獸兵在日本國內成爲了「英雄」，受到了熱烈的追捧。

（二）侵華戰爭中的日軍報業

1、金錢收買隱秘控制報紙

　　日本侵略中國，日軍長期收買賄賂、資助津貼染指報業。19 世紀末 20

《新聞研究資料》，1993 年第 1 期。

1　《揭開日本侵華「筆部隊」真相》，http://mil.sohu.com/20151014/n423213587.shtml。

2　劉立軍：《日本侵華戰爭中的「筆部隊」》，《鍾山風雨》，2008 年第 6 期。

世紀初，日本軍方資助日本人在中國出版報刊，收買國人報刊。1901 年 10 月，日本人中島眞雄創刊北京《順天時報》，接受日本陸軍省、外務省的資助。1914 年，日軍佔領青島，秘密收買《濟南日報》《閩報》。1917 年 9 月，參謀次長田中義一建議對中文報紙秘密援助資金。1919 年 4 月，日本天津駐屯軍司令官金谷范三向日本陸軍報告稱：中國記者「眼界狹隘，見識短淺、胸無抱負，阿附權貴，迎合俗論，易於懷柔操縱」，「酒宴招待天津的大公報、益世報、泰晤士報中文版、日日新聞、時聞報等主筆，立刻就產生了效果」。[1]日本陸軍出資 2.9 萬元，創辦天津編譯社，由日本天津駐屯軍司令部翻譯官中島比多吉負責，每月向《大公報》《益世報》《天津日日新聞》《時聞報》《民強報》《通俗白話報》《白話新民報》《濟南日報》等中文報紙，提供 1 至 8 篇記事新聞和約 240 元的收買費。日方稱《天津日日新聞》和《時聞報》，「不管我方發什麼消息，對方都敢大膽刊載」。[2]

日軍利用金錢控制他人報刊的行徑，並沒有因爲九一八事變、七七事變爆發而停止。1935 年至 1938 年，日軍對天津的《東亞晚報》、河南新鄉的《河南新報》、武漢的《大楚報》、北京的《新中國》雜誌、廈門的《鷺江畫報》等提供資助。[3]

2、出版佔領區中日文報紙

九一八事變後，特別是七七事變後，日軍佔領了中國廣大地區和許多大城市，一方面對中國已出版的報紙進行強制打壓，另一方面在津、滬、漢、穗等中心城市出版了面向社會的中文報紙，構築了日軍在中國佔領區的主要輿論陣地。

日本軍部特務機關青木公館 1935 年春收購天津《庸報》。1937 年 7 月天津淪陷後，《庸報》成爲北支派遣軍機關報。社長大矢信彥，總編輯板本楨年。建立 6 個支社及 4 個辦事處，最高發行量 30 萬份。1944 年 5 月 1 日，《庸報》與《天津新報》和北平《新民報》《實報》《民眾報》合併，改由僞華北政務委員會出版《華北新報》。

---

1 郭循春：《日本陸軍對華新聞輿論操縱工作研究（1919～1928）》，《民國檔案》，2017 年第 4 期。

2 郭循春：《日本陸軍對華新聞輿論操縱工作研究（1919～1928）》，《民國檔案》，2017 年第 4 期。

3 王向遠：《日本對華文化侵略與在華通信報刊》，《蘇州科技學院學報（社會科學版）》，2005 年第 3 期。

　　日本原在上海出版的大型日文報紙《上海每日新聞》《大陸新報》成爲日本官方的喉舌。代表日本軍方意旨的《大陸新報》，分出漢口、南京分版，被稱爲華中地區唯一的國策報紙。1937 年 10 月 1 日，日軍報導部控制的上海大型中文日報《新申報》創刊，後增出《新申報晚刊》。太平洋戰爭爆發，日軍以上海《申報》《新聞報》是敵方財產爲由查封，日軍陸軍報導部「代管」。1941 年 12 月 15 日，日軍命令申新兩報以美國公司名義繼續出版，規定：報紙的美籍法人暫不變更，日軍報導部部長掌管人事、經營、編輯權，必要時派員指導與監督，必須執行新的編輯方針，變更態度、支持日本及僞國民政府，宣傳中日提攜精神、大東亞戰爭意義、確定大東亞共榮圈的重要等。1942 年 11 月，日軍勒令申新兩報全體職工離館，另行委派編輯管理人員，將申新兩報徹底劫奪，完全成爲日本侵華的宣傳工具。

　　1938 年 12 月，日軍報導部利用強佔的廣州原國華報館的廠房設備，創辦《廣東迅報》，作爲日本南支派遣軍的機關報。社長唐澤信夫（署名唐信夫），主筆山田，總編輯林寶樹（臺灣人）。後攫奪星粵日報館的資財，擴大爲日報。向單位職員、社會團體、學校和報販強行攤派認購；分配各日軍駐地，宣撫班免費分送鄉、鎮、村「治安維持會」。日本南支派遣軍司令部報導部創辦對開日文《南支日報》，唐澤信夫兼任社長，總翻譯徐毓英（臺灣人），工作人員均爲日本人、臺灣人。日軍強行徵用海南書局房屋設備，創辦《海南迅報》。日軍在武漢江漢路原國民黨武漢日報社址，創刊《武漢報》，聲稱「爲適應民眾需要，乃於焦土之上，播下文化種子，以和平建國爲當前任務；以建設東亞新秩序實現大亞洲主義爲終極目標。」[1]

1　程文華：《淪陷時期湖北的日僞報刊雜誌》，《湖北文史資料》，1986 年，轉引羅飛霞：《抗戰淪陷時期武漢報刊之管窺》，《理論月刊》，2008 年第 1 期。

圖 6-3　《廣東迅報》1940 年 7 月 7 日興亞紀念特刊[1]

3、出版面向敵方人員報紙

　　日軍出版針對敵方軍人及民眾的報紙。日軍將宣傳材料以報紙的形式出現，實質上是傳單的變種。日軍報導部編輯出版的《國民抗戰報》《民眾時報》和《武漢畫報》《興亞畫報》《明朗俘虜之生活畫刊》等，主要地華中戰場散發。

1　《1939 年 7 月 7 日抗戰〈廣東迅報〉興亞紀念特刊》，http://www.997788.com/28089/search_115_30140438.html。

《國民抗戰報》《民眾時報》詳細報導大小「新聞」，每期都大量印刷，面對城鎮知識分子發行。《民眾時報》每期用專版刊載重慶國民政府內外交困的「消息」，日軍的捷報，國際「大好」形勢，刊載「地方通訊」，宣傳偽政府的「和平建國」措施，淪陷區政治、經濟、交通、民眾生活的「良好」態勢。《武漢畫報》、《興亞畫報》設置專欄，運用對比方法描繪「抗日政權的罪惡」和「日軍仁德的表現」。1939 年 5 月印製的《明朗俘虜之生活畫刊》，刊載了近 30 張照片，以說明：「我們是受了欺騙的，不可再做蔣政權和共產黨的犧牲了。從今天起我們要更生，在新政權下，過著新的明朗的生活。」畫刊最後一頁是蓋有「大日本軍司令部官印」的「優待證」，稱「持此畫刊前來投誠者，得享受本軍特別優待」。散發報紙的工作，有時委託海軍航空隊來承擔。1939 年，日軍呂集團進行了南昌戰役（3 月）、隨棗戰役（5 月）、第一次長沙會戰（9 月），在與此相對應的 4 月、6 月、8 月、9 月、10 月，呂集團分別散發報紙 5 萬份、24 萬份、20 萬份、9.9 萬份和 4 萬份。[1]

4、出版面向部隊戰地小報

日軍出版主要面向部隊的小型報紙。戰事激烈，日軍報導部每天編印油印前線報紙《通信簡》，刊登戰況和同盟社電訊。隨軍記者經常搭乘運輸機向前線的地面部隊空投戰地小報。

日軍宜昌作戰前線報導部在漢口創辦面向前線下級官兵的小型報紙《總前衛》，司令官岡村寧茨題字，岡田指導作戰前線報導部的 4 名士兵製作。「讀者從陸海軍士兵到眾多的一般民眾，發行數超過二萬。」報導部發布的戰況，由電話傳至漢口留守部。報紙由漢口送到前線報導部，「以十份一卷、用橡皮筋紮好，並緊緊地捆上紅白色布條，次日早上由飛機空投各部隊。」前線士兵看到空投報紙聚焦起來，因報紙產生有關戰場的話題：「我們的戰鬥是這樣被報導到國內的啊」，「友鄰的聯隊原來去了那個地方啊」，「到宜昌，看來還是我們部隊快啊」。在歡樂中鼓舞了士兵。「沒日沒夜辛苦工作的部員們，最歡樂就是浮現前線將士爽朗的笑聲。」[2]

1　許金生：《侵華日軍的宣傳戰——以日軍第 11 軍的紙質宣傳品宣傳為中心》，《民國檔案》，2017 年第 3 期。

2　〔日〕寺田秋三：《侵華日軍作戰宣傳案例史料——〈關於宜昌作戰前線報導部〉》，《抗戰史料研究》，2016 年第 1 輯。

圖 6-4　上海戰線的日軍士兵在看報紙，1937 年 10 月 6 日[1]

（三）侵華戰爭中的日軍廣播業

　　廣播電臺是無遠不屆的長程傳播、廣域覆蓋的大眾傳媒，是實施心理戰的銳利武器，不僅老少皆宜，對聽眾沒有接受教育識文斷字的先決要求，而且派生出了可以爲飛機、軍艦準確導航的次生功能。日軍侵華對於廣播的重視與運用，絲毫不遜色於報紙，較爲熟練地開展不同層級的廣播戰，在戰術和戰略層面通過廣播對敵發起廣播宣傳戰。1932 年「1‧28」淞滬抗戰期間，侵華日軍在戰場架起「播音機」，用漢語向中國士兵進行宣傳。[2]

　　在侵華戰爭中，日軍攻佔中國城市，攫取或封閉中國的廣播電臺成爲了一種規律性的侵略行徑。創辦廣播機構，開展廣播宣傳。太平洋戰爭爆發後，日軍開展對美軍的廣播宣傳戰，用英語廣播節目來動搖美軍的戰鬥意志。面對美軍播音的日方女播音員們，有「東京玫瑰」、「南京南希」、「無線玫瑰」、「東條夫人」等別稱。抗戰後期，日軍甚至接管、佔用夕日盟友在中國的廣播電臺。廣播電臺被視作軍事目標遭到轟炸。

1　《每日新聞社：《日軍侵華記錄（十二）》，http://www.360doc.com/content/15/03/17/20/178233_456001892.shtml。

2　王曉嵐：《喉舌之戰——抗戰中的新聞對壘》，廣西師範大學出版社，2001 年版，第 21 頁、64 頁。

（1）攫取佔領區廣播電臺

1931 年九一八事變後，日本關東軍佔有了奉天無線廣播電臺、哈爾濱無線廣播電臺這 2 座中國東北地區僅有的廣播電臺。日本關東軍司令部成立僞滿洲電信電話株式會社（簡稱僞「電電」），全面壟斷東北地區的電報、電話、廣播大權。日軍佔領華北地區，成立僞華北廣播協會（簡稱僞「華廣協」）和僞蒙疆廣播協會，分別控制北平、天津、唐山、太原和張家口等地的日僞廣播電臺。日本成立僞臺灣廣播協會，管轄臺灣及佔領廈門後的日僞廣播電臺。

1937 年 11 月 11 月 17 日，日軍對上海郵政、電報、廣播實行管制。11 月 27 日，日軍接管國民政府在上海的交通部上海廣播電臺和上海市政府廣播電臺，同年底改建爲上海廣播電臺（亦稱大上海電臺），廣播協會上海辦事處參事陳正章任臺長，日本放送協會情報局官員井河亮任副臺長。1938 年 3 月 20 日，日軍成立上海廣播無線電監督處，對上海廣播電臺的登記、營業等連續發布指令。日軍在太平洋戰爭爆發後，接管了被認定爲「敵性電臺」的上海西華美、福音及奇開、大美（美商）等電臺，將其中的 3 家廣播電臺改名，劃歸中國廣播事業建設協會管轄。

1943 年 9 月 3 日，意大利與英美談判，簽署無條件投降書，日軍接管上海意商中義廣播電臺。1945 年 5 月，日軍接管德國駐滬領事館新聞處主辦的德國廣播電臺（又名歐洲廣播電臺），改爲僞上海廣播電臺國際臺。1945 年 8 月 9 日，蘇聯對日宣戰，日軍接收蘇聯塔斯社上海分社的蘇聯呼聲廣播電臺。

（2）開辦廣播電臺（放送局）

1932 年 10 月，日本關東軍司令部由瀋陽遷至新京（長春），主管通信與廣播事務的關東軍特殊通訊部在新京電話局內改建演播室、播音室和調整室，通過長途電話線路，把廣播訊號傳到奉天放送局，以奉天放送局新京演奏所的名義開始播音。[1]1933 年 4 月，日本關東軍將長春無線電臺改建爲可覆蓋東北大部分地區的廣播發射臺，成立僞滿「新京放送局」。4 月 6 日，新京放送局開播，發射功率 1 千瓦。每天除轉播日本東京中央放送局的部分日語

---

1 《僞滿電信電話株式會社及新京放送（廣播）局》，http://www.ccta.gov.cn/jdcx/wmyj/ 20140911/901.html；于紅、李豫：《淺談民國時期的東北無線電廣播》，《黑龍江史志》，2009 年第 22 期。

節目，播出自辦的《新聞》（包括漢語、日語、朝鮮語、英語、俄語等語種）、《兒童時間》、《日語講座》、《漢語講座》和文藝性節目等。新京放送局後移交僞「滿洲國」交通部，仍爲日本關東軍所控制。1941 年 12 月太平洋戰爭爆發後，新京放送局升格爲新京放送總局，成爲日僞在東北的廣播中心。

1938 年 9 月 10 日，日軍報導部成立南京放送局，每天播音 2 次、8 小時，開辦《新聞》、《日語講座》、《軍人通信》、《經濟通訊》、《皇軍將兵之間》等節目，發射機功率 500 瓦。日軍侵佔廣州，接收原廣州市播音臺設備建立廣東放送局。日軍宜昌作戰前線報導部在攻佔武漢時設立前線廣播班。將短波廣播機設置在九江，進行對敵廣播。1938 年 11 月，日軍報導部在漢口黎黃陂路 41 號設立漢口放送班（1941 年 2 月放爲放送局），每天早、中、晚 3 次播音。1939 年 2 月 11 日，啓用日本產的 10 千瓦發射機。

1941 年，根據汪僞與日本的商定，日軍在華廣播電臺移交僞中國廣播事業建設協會。儘管如此，日軍仍沒有放鬆對廣播的管控。日軍在抗戰後期，強令淪陷區廣播電臺停播自辦節目，轉播日本廣播電臺節目，使中國淪陷區廣播與日本本土廣播連成一體。

（3）廣播電臺成爲軍事打擊目標

日軍一方面擴大自己的廣播實力，另一方面將中國的廣播電臺列爲軍事目標進行轟炸，削弱中國的廣播實力。中央廣播電臺工程師蔣德彰被炸身亡。中央廣播電臺南京發射臺屢遭轟炸。廣西省廣播電臺被炸毀停止播音。河南省廣播電臺被炸受損一度停播。江西廣播電臺遷移途中遭到日軍空襲，中央廣播事業管理處工程師侯恩銘墜落贛江殉職。西遷重慶的中央廣播電臺和在重慶新建的中國國際廣播電臺，是日軍急欲炸毀的重點目標。中央廣播電臺在重慶遭到 10 多次的轟炸，播音幾遭停頓。中國國際廣播電臺沙坪壩臺址大門被炸毀。日本東京的報紙怨恨而無奈地說：「我皇軍飛機大炸重慶，那裡的青蛙，全都炸死無聲，爲什麼那個擾人心緒的電臺，還叫個不停呢？」[1]

配備 100 千瓦大功率廣播發射機臺北廣播電臺，是日軍南下戰略的重要廣播陣地，遭到了美軍的轟炸，其民雄機房停止播音。日僞大上海電臺發射天線被美軍飛機炸毀。日本本土有 11 家廣播電臺遭到美軍的轟炸。[2]

---

1 曾虛白：《中國新聞史》，三民書局，1984 年版，第 628 頁。
2 （日）山本文雄、山田實、時野谷浩：《日本大眾傳播工具史》，青海人民出版社，1984 年版，第 195 頁。

第三節　美軍出版戰區報紙在華開辦廣播電臺

一、出版《中緬印戰區新聞綜合報》

　　同盟國東南亞盟軍中緬印戰區（CBI Theater），在中國、緬甸、印度作戰的部隊，有美軍，英軍和中國遠征軍。1942 年創辦的《中緬印戰區新聞綜合報》（CBI Roundup），免費在戰區發放。3 年半時間，出版了 188 期。

圖 6-5　《中緬印戰區新聞綜合報》1944 年 5 月 25 日第 1、12 版[1]

　　1944 年 5 月 25 日《中緬印戰區新聞綜合報》的第 1 版，報頭下方疊印著的盾牌上，左側是有 12 個角的太陽（中華民國國旗的白日圖案），右側是白色五星，下部是寬條紋。據說這是中緬印戰區臂章的圖案。刊載戰況、戰地生活和針砭時弊的漫畫。較多地刊登「美軍照片」和被美國軍人掛在嘴邊的「美國 babe」的美國美女照片。1944 年 3 月 2 日，《中緬印戰區新聞綜合報》封面刊載 164 照相連攝自前線的照片，史迪威和幾名中國軍官站在被俘的日本傷兵旁邊。圖片說明：「這張照片證明，並不是所有的日本兵被俘後都會剖

1　《1944 年 5 月 25 日報紙〈中緬印戰區綜合雜誌〉（CBI ROUNDUP）》，http://www. kongfz.cn/15599403/。

腹自殺這名被中國軍隊俘虜的日本兵躺在擔架上苦笑著。他還試圖和史迪威將軍握手，但遭到拒絕，因爲將軍不認爲有表達友誼的需要。」[1]

隨軍記者理查德・麥克拉格撰寫的通訊《「我們有共同的敵人」》，記述了他1944年探訪收治負傷中國戰士的美軍戰地醫院的情形：

「我們有共同的敵人」

在戰地醫院，麥克拉格第一次接觸中國士兵。「他們有些在美國人聽來很奇怪的名字。他們的皮膚顏色不一樣，他們的眼睛、鼻子、顴骨的位置和我們不同。他們的語言更是奇怪。但是，他們的敵人我們一點也不陌生，他們用的武器和戰術也很熟悉。」

在醫院的採訪完全出乎麥克拉格的意料。「醫院裏的氣氛似乎熱鬧得像過節一樣，可當看過那些士兵的傷情之後，我肯定如果是我，我可樂觀不起來。」通過翻譯官，他得知22歲的中國傷兵鍾武勇（音）竟然已經入伍7年，曾經參加過淞滬會戰。

鍾武勇驕傲地向美國記者展示自己腿上剛剛癒合的傷口。當問到他是怎樣負傷時，鍾武勇從床上坐起身，擺出一副狙擊手用來复槍射擊的姿勢。「日本兵！砰！砰！」他臉上泛著紅光。

「頂好」和「不好」

另一名傷兵，劉凱萬（音）由於被手榴彈炸傷，左腿被截肢。他說，過一段時間就不疼了。當然，失去一條腿「不好」。但在這裡他接受的救治「頂好」，飯菜、醫生「頂好」，美國護士「非常頂好」。

到了晚飯時間，除米飯之外，中國傷兵吃的食品和美國兵一樣，鹹牛肉罐頭、土豆、麵包。但和美國大兵不同，中國士兵都說牛肉罐頭「頂好」，因爲他們的軍隊裏，就連麵包也是給高級將領的奢侈品。

令這座戰地醫院驕傲的是，迄今被送進來的傷員中，僅有一人因傷勢過重身亡。麥克拉格說：「這是美軍醫療隊一個『頂好』的成績。當然，在胡康前線奮戰的中國士兵們，也是『頂好』的。所以

1　《震撼！美國通信兵眼中的中國遠征軍》，http://www.zhiyin.cn/2011/xwsp_0123/81751_11.html。

我們扯平了。」[1]

二、美軍在中國開辦廣播電臺

（一）美軍開辦廣播開展廣播宣傳

美國國防部爲軍隊提供廣播節目始於二戰。美軍第一批試驗性軍隊廣播電臺，於二戰早期在巴拿馬和阿拉斯加開播。駐菲律賓美軍麥克阿瑟部在巴丹和克瑞吉多開設軍隊廣播電臺。[2]1942 年 5 月 26 日，美軍廣播電臺（Armed Forces Radio Service，簡稱 AFRS）正式開播。

美軍廣播電臺爲美國海外駐軍提供從廣播設備、節目傳送、信號播發到節目製作的軍事廣播全流程服務。至 1945 年底，美軍廣播電臺擁有 162 家分臺，另有 55 家外國政府和商業廣播電臺及數百個有線廣播及擴音站每天進行轉播。二戰期間，美軍廣播電臺爲美軍提供信息、娛樂節目，每週向全球傳送 5000 小時的廣播新聞、各類節目及特別廣播。美軍廣播電臺除了自製節目，廣泛使用美國哥倫比亞廣播公司、全國廣播公司等製作的廣播節目，美國好萊塢也專門爲美軍製作了很多廣播娛樂節目。[3]

在二戰中四處征戰的美軍士兵，伴隨著 20 世紀 30 年代美國廣播快速發展長大成人，收聽廣播已是他們成爲習慣的生活方式。美軍將收聽廣播作爲激勵部隊戰鬥精神、和諧官兵生活情緒的重要工具。二戰期間，「美國音樂家不斷編製新歌，請女明星歌唱，播送到前線，並且教士兵學唱，美國士兵大都富有音樂鑒賞力和唱歌興趣的，因此收音已經成爲了每個士兵的親密朋友。」[4]美軍指揮機關和基層部隊配備的軍用通信器材，工作原理與收音機大致相同，也成爲美軍官兵收聽廣播的便捷設備。

1942 年 12 月 2 日，美國海軍部情報局作戰處聘請德國問題專家，創辦了一家對德軍廣播電臺——「諾頓」廣播電臺（因主持人在廣播節目中自稱「美軍海軍中校羅伯特·李·諾頓」得名）。美軍心理作戰處在二戰末期，在歐洲把盧森堡電臺改造成爲「1212」廣播電臺，使用英、德、法、俄、荷、波蘭、

1　謝來：《美通信兵記錄中國遠征軍　稱美國罐頭「頂好」》，news.qq.com/a/20110123/000132.htm。
2　小力：《美軍 AFN 廣播網之管窺》，《電子世界》，2006 年第 1 期。
3　小力：《美軍 AFN 廣播網之管窺》，《電子世界》，2006 年第 1 期。
4　沙裏：《第二次世界大戰時美軍中的文化服務》，（北平）《陣中日報》，1947 年 11 月 10 日。

意大利、捷克等多種語言，冒充德國廣播電臺進行播音。[1]在中緬印戰區作戰的美軍，也使用廣播器材在戰場開展對日軍廣播。1945 年 9 月 2 日，在日本投降簽字儀式上，盟軍最高統帥麥克阿瑟上將使用直通美國的廣播設備對美國人民發表了演講。

（二）美軍經允許在中國開設廣播

1、抗戰期間美軍在華廣播電臺

抗戰期間，美軍在華共設立 8 座廣播電臺。1944 年 10 月，經國民政府核准，美軍在廣西、雲南、四川等地設立了廣播電臺。美軍昆明廣播電臺，呼號 XNAW，發射功率 1 千瓦，每天除播出 2 次新聞外，大部分時間播送使用唱片專爲美軍製作的《名詩朗誦》、《士兵節目》、《爵士音樂》、《跳舞音樂》、《古典名曲》等節目。美軍桂林、雲南驛（雲南省祥雲縣）、白市驛（四川省巴縣）廣播電臺的呼號分別爲 CB1、CB2、CB3，發射功率各爲 50 瓦，專爲美軍播送娛樂節目。

1945 年 3 月，美軍獲准增設四川成都、雲南曲靖陸良、雲南尋甸羊街、雲南霑益、四川瀘縣等 5 座廣播電臺。[2]這些美軍廣播電臺所在地，均有美國空軍在華使用的機場。雲南驛是滇緬戰場最重要的前線機場，白市驛是美國駐華空軍司令部駐地，有的機場駐紮的美軍人數多達數千人。對於除美軍昆明廣播電臺之外的 8 座廣播電臺，國民政府交通部、軍令部在報告中稱：「該項電臺電力較小，廣播範圍亦限於軍紀、軍中娛樂，純屬美軍軍中事務，與含有政治性之宣傳廣播，使用強力機者不同，亦非傳遞軍事性質以外之電報可比。」[3]抗戰勝利後，上述美軍廣播電臺隨美軍撤離陸續停播。

2、抗戰之後在華美軍廣播電臺

1945 年 8 月，日本投降後，太平洋戰爭爆發後被侵華日軍以「敵性」電臺爲名接管並改名的上海東亞廣播電臺，被美國接管，爲美軍導航。[4]

10 月 1 日，美國海軍陸戰隊第 1 師登陸塘沽，進駐天津、北平、秦皇島

---

1 蔡靜平、何亞萍：《無孔不入的輿論尖兵——美軍廣播輿論戰及其技術裝備概觀》，《國防科技》，2007 年第 12 期。

2 曾虛白：《中國新聞史》，三民書局，1984 年版，第 624 頁。

3 趙玉明：《中國廣播電視通史（新一版）》，中國廣播影視出版社，2014 年版，第 49 頁。

4 《上海廣播電視志·大事記》，http://www.shtong.gov.cn/node2/node2245/node4510/node10154/index.html。

等地。進駐天津的美軍,進入被國民政府授予番號「華北先遣軍」第 3 軍偕同日軍繼續控制的天津廣播電臺,參與控制廣播節目,除轉播重慶中央廣播電臺新聞節目,播放西樂、軍樂,「帶來了些鋼絲錄音機,一些爵士樂唱片,恢復了一些節目的廣播。」[1]同月,美國海軍陸戰隊在軍營內使用頻率 1500 千赫、500 瓦功率發射機創辦軍用廣播電臺,除作軍用之外,還播送一些爵士樂之類的節目。國民政府雖然明令規定未經允許不得開辦電臺,天津的美軍廣播電臺還是辦到 1946 年冬美軍撤離才停播。[2]12 月,美國海軍陸戰隊廣播電臺在北平開播,呼號 XGOY,使用頻率 1250 千周播出節目,發射功率 50 瓦,供駐北平美軍娛樂。至 1947 年 1 月美軍撤離北平,國民政府 1945 年 10 月接收日偽北京廣播電臺改辦的北平廣播電臺,每天聯播美國海軍陸戰隊廣播電臺的節目。[3]

1946 年,美軍廣播電臺由四川遷到南京,使用頻率 1540 千赫、4275 千赫,發射機功率分別爲 205 瓦、500 瓦。臺址在南京市黃埔路。每天播音 3 次,全部爲英語,主要對象爲駐華美軍。1947 年,美軍廣播電臺在南京、青島等地繼續播音。[4]

1950 年 6 月 25 日,朝鮮戰爭爆發。美國第 7 艦隊駛入臺灣海峽。美軍進駐臺灣,在臺北陽明山開辦廣播電臺 American Forces Network Taiwan（簡稱 AFNT）。1978 年,美軍撤離臺灣,將廣播電臺設備無償贈送。臺北國際社區文化基金會接受饋贈,於 1979 年 4 月 16 日開播臺灣英語廣播電臺——臺北國際社區廣播電臺（International Community Radio Taipei,簡稱 ICRT）。

第四節　蘇軍接管東北日偽廣播與出版報紙

一、接管日偽廣播轉播蘇聯廣播節目

1945 年 8 月 19 日,蘇聯紅軍進入長春,派員接管滿洲電信電話株式會社放送總局,改稱長春廣播電臺,呼號爲「格瓦里,長春」（俄語,這裡是長春）。

1　周啓萬:《解放前天津的廣播電臺》,《現代傳播》,1985 年第 1 期。
2　周啓萬:《解放前天津的廣播電臺》,《現代傳播》,1985 年第 1 期;馬藝等:《天津新聞史》,天津人民出版社,2015 年版,第 442 頁。
3　宋鶴琴:《解放前的北京廣播事業》,《現代傳播》,1984 年第 2 期。
4　王曉嵐:《喉舌之戰——抗戰中的新聞對壘》,廣西師範大學出版社,2001 年版,第 169 頁。

播放唱片，爲蘇軍飛機導航。

8 月 20 日，蘇軍接管哈爾濱僞中央放送局，由城防司令部控制使用一部廣播發射機，向蘇軍和蘇聯僑民轉播蘇聯莫斯科廣播電臺的節目。

二、蘇聯軍隊在中國出版報刊

蘇聯軍隊從 20 世紀初年在中國東北地區出版報刊，已知出版有俄文、中文、蒙古文共 5 種。俄文的 2 種，分別是俄國外阿穆爾軍區獨立團參謀部創辦的《外阿穆爾人休閒報》畫刊，俄國滿洲部隊後方司令部 1906 年創辦的《軍事生活報》。[1]中文的有 2 種，分別是蘇軍長春衛戍司令部 1945 年創辦的《情報》，蘇軍後貝加爾軍區第 39 集團軍 1946 年在大連創辦的《實話報》。蒙古文的是蘇軍 1945 年在長春創辦的《蒙古人民》（後改爲《民報》週刊）。

蘇聯紅軍於抗戰勝利後在長春創辦的《情報》《蒙古人民》，出版時間較短，在大連的《實話報》連續出版了 5 年時間。

（一）蘇軍在長春出版中文蒙古文報刊

1945 年 9 月 10 日，蘇軍長春衛戍司令部創刊中文《情報》，16 開，10 頁（有時 2 頁、4 頁），日刊或不定期出版。宣傳蘇聯紅軍的功績和中蘇友好。每期頭版貫以大字通欄標題「中蘇人民友好萬歲！」刊載不署名的時事講話，主要刊登蘇聯塔斯社消息，時刊中央社消息，少有本埠新聞。停刊時間不詳。[2]

10 月，蒙古文《蒙古人民》報在長春創刊，4 開 2 版，不定期出版。負責人蘇軍少校德列科夫·桑傑，編輯人爲塔欽。主要宣傳蘇聯紅軍幫助中國打敗日本侵略者，介紹蒙古人民共和國的現狀和蘇聯的情況。刊載的內容主要來源於俄文報紙，桑傑摘錄，塔欽翻譯。出版了七八期，遭到國民政府抗議，指責「干涉中國內政」。

11 月 13 日，蒙古文《蒙古人民》報改出《民報》週刊。社長壽明阿，主編塔欽。社址在長春市原僞滿洲國圖書株式會社。介紹蘇聯、蘇聯紅軍情況及蒙古現狀，號召東滿人民奮起，謀求民族解放。1946 年 1 月，蘇軍撤離長

---

1 焦麗：《對東北淪陷前後日俄報刊的調查、研究與利用》，《新聞愛好者》，2014 年第 3 期。

2 田秀忠：《吉林省報業大事記》，吉林人民出版社，2015 年版，第 188 頁。

春停刊。[1]

（二）遼東半島蘇軍指揮部的《實話報》

1、《實話報》的出版經過

1945 年 8 月 14 日，國民政府同蘇聯政府簽訂了《中蘇友好同盟條約》及《中蘇關於大連之協定》《中蘇關於旅順口之協定》。22 日，蘇軍開始進駐旅順和大連。至 8 月底，進駐旅大地區的蘇軍已經約有萬人。

1946 年春夏之交，駐中國旅大地區蘇軍後貝加爾軍區第 39 集團軍向蘇聯武裝力量總部提出申請，在旅大地區創辦一份中文機關報。7 月 6 日，蘇共中央書記處討論通過這一請求，上報蘇共中央獲得批准，這份中文報紙的發行範圍限定在旅大地區。蘇聯駐軍指揮部政治部地方居民處籌建報社。7 月，蘇軍第 39 集團軍發布命令，正式組建實話報社，報社設蘇聯部、國際部、地方新聞部（擁有內外勤記者和一位蘇軍上士擔任的攝影記者）、翻譯部、編輯部（分設社論組、蘇聯生活組、國際生活組、中國生活組、文學藝術組，附資料室和校對科）、經理部（附發行科和印刷廠），任命報社工作人員。實話報社的社址，初設大連市安陽街 529 號，1949 年 2 月遷至明澤街 67 號，6 月再遷至民康街 2 號。

1946 年 8 月 14 日，遼東半島蘇軍指揮部機關報《實話報》在大連創刊，發表紀念文章《慶祝中蘇友好同盟條約簽訂一週年》。大連蘇軍警備司令官克章諾夫少將、中共大連地委書記韓光、旅大職工總會主席唐韻超為《實話報》創刊題詞。《實施報》在創刊號上說：「我們的報紙要對讀者說出蘇聯的真情，把蘇維埃國家，他的地理、歷史、國家機構，他的人民、他們的生活、風俗、文化和藝術介紹給廣大的讀者們。本報要經常向讀者說明世界其他各國人民生活的實況，說明歐洲各解放國人民怎樣在創造著他們的新生活，怎樣為著民主而奮鬥」。[2]1947 年 1 月 4 日，《實話報》發表署名文章《愛護我們的實話報》，稱：「《實話報》就是代表著莫斯科斯大林元帥對於世界政治動向的態度……它不僅是世界政治的指導者，而且是全世界人類的呼聲，它不僅是我們的喉舌，而且也是我們的眼睛。像這樣篇幅不大而內容豐富的國際進步報刊，在中國是僅有的，它所報導的情況，都是老老實實的，叫做《實

1　田秀忠：《吉林省報業大事記》，吉林人民出版社，2015 年版，第 196、199、205 頁。

2　小連：《一年來的〈實話報〉》，《實話報》，1947 年 8 月 17 日。

話報》是很確切的。它是我們的眼睛，我們愛護它應該和愛護我們的眼睛一樣。」[1]

遼東半島蘇軍指揮部面向當地中國讀者出版報紙，「取名《實話報》，其用意深遠。俄文直譯爲眞理之聲，與蘇共中央機關報《眞理報》同名，表明它要繼承和發揚列寧、斯大林創辦的眞理報之傳統。中文則與第二次國內革命戰爭時期我黨創辦的蘇區中央局機關報《實話》（共青團蘇區中央局機關報《青年實話》）同名，表明要傳播眞理之聲，要講實話。」[2]每期報紙的報尾，「都用俄文注明是『蘇軍爲（當地）中國居民辦的報紙』。」[3]

1950 年 2 月 14 日，中國與蘇聯簽訂《中蘇友好同盟互助條約》《中蘇關於中國長春鐵路、旅順口及大連的協定》。協定規定：「不遲於 1952 年末蘇聯將中蘇共同使用的中國長春鐵路移交給中國；不遲於 1952 年末蘇聯軍隊即自共同使用的旅順口海軍根據地撤退，並將該地區的設備轉交中華人民共和國政府」。[4]1951 年 8 月 1 日，《實話報》終刊。當天早晨，前來上班的中方工作人員走進報社，突然被告知報紙停刊。

《實話報》，是一份綜合性中文報紙，初爲 4 開 4 版雙日刊。1947 年 3 月1 日，發表社論《改出日刊敬告讀者》，應讀者要求，《實話報》今天起由間日刊改爲日刊。改爲日刊的《實話報》，對開 2 版，一周 6 刊，星期一休刊。1950年 6 月 1 日，由豎排版式改爲橫排版式。出版 4 個版面時，第一版登載蘇聯領導人的講話，介紹馬列主義知識，報導蘇聯戰後和平建設情況；第二版報導國際時事；第三版登載科學、文化教育、文學藝術等方面的文章；第四版登載地方新聞、中國作者撰寫的文章及廣告。出版 2 個版面時，第一版登載社論、專論、馬列主義理論文章和蘇聯新聞；第二版登載國際時事、地方新聞、文學藝術作品。設置「小鏡頭」、「國際述評」、「來論」、「地方新聞」、「電影評介」、「蘇聯話劇」、「蘇聯電影」、「文藝」等欄目。刊登的少量廣告地，文化廣告居多，另有政府公告和廠家廣告。

---

1 劉影、吳滌：《報文摘記》，大連市史志辦公室：《大連實話報史料集》，大連出版社，2003 年版，第 579 頁。

2 吳滌：《尋覓〈實話報〉》，大連市史志辦公室：《大連實話報史料集》，大連出版社，2003 年版，第 484～485 頁。

3 宋書聲：《終身事業始於此》，大連市史志辦公室：《大連實話報史料集》，大連出版社，2003 年版，第 468 頁。

4 大連市史志辦公室：《大連實話報史料集》，大連出版社，2003 年版，第 5 頁。

圖 6-6　蘇軍大連中文《實話報》1948 年 8 月 27 日[1]

1　遼寧報業通史組委會：《遼寧報業通史（1899～1978）》，遼寧人民出版社，2016 年版，第 250 頁。

　　《實話報》刊登稿件的來源，一部分是報社的中國記者、通訊員的撰稿和約請大連黨政領導人、群眾團體負責人和社會名流的撰稿，大部分是摘選蘇聯《眞理報》《消息報》《紅星報》《共青團眞理報》《布爾什維克》《新時代》《爭取持久和平，爭取人民民主》《星火》《鱷魚》等報刊、書籍或蘇聯在大連駐軍政治部及本報蘇方人員的撰稿，譯成中文發表。採用的電訊稿，大部分是蘇聯駐軍內部俄文報紙和電臺接收的蘇聯塔斯社俄文電訊稿，有一些是莫斯科蘇聯新聞社直接提供的電訊，還有一些是中共旅大地委所屬的關東通訊社接收的外國英文電訊稿和新華社電訊稿。1949 年下半年，報社有了自己的中文速記員，專門收錄莫斯科電臺的中文廣播稿。《實話報》的發行範圍超出了蘇共中央限定的旅大地區。「駐在旅大地區的中共各解放區辦事處，以及爲購買武器彈藥而專程前往旅大地區的中共人員，在每次離開旅大都會購入大量《實話報》帶回各自所在地區，客觀上促進了《實話報》在旅大以外地區的流通。」[1]「各解放區及國統區某些大城市，如上海、甚至香港也通過各種渠道得到《實話報》。據統計，發行最高份額達 2 萬份以上。」[2]上海《世界知識》曾轉載《實話報》發表的文章《美帝國主義是各民族主權的威脅》。大連、瀋陽、北京的新華書店將《實話報》發表的《馬克思列寧主義社會形態常說》《斯大林全集介紹》《黃色魔鬼的城市》《高爾基譯文選》等文章收集出版單行本。作者索科洛夫的《蘇聯學校教育講座》，1949 年 4 月由新華書店發行 6000 冊，1951 年、1952 年兩次修訂，被中央人民政府教育部和出版總署指定爲師範學校教材。

　　中共旅大黨組織對於蘇軍《實話報》給予了極大關注和全方位的支持。實話報社印刷廠設在中共大連市委人民呼聲（後改名《大連日報》）報社內，兩個半月前才創刊報紙的人民呼聲報社爲此騰出了一部分廠房，劃出了一個排版車間，調撥了一臺輪轉印刷機，並調配了最好的拼版、揀字、印刷工人。蘇軍進駐旅大，實行軍事管制，缺少俄語翻譯。中共大連市委先從延安、華東、中原等解放區來到的幹部中，抽調得力人員進入實話報社從事編輯和翻譯工作。又在平津戰役後從華北大學選調了一批俄語系畢業的大學生，還在旅大建國學院選調優秀畢業生到實話報社工作。5 年間在實話報社工作的 60

1　鄭成：《國共內戰時期東北地方層面上的中蘇關係──以旅大地區蘇軍〈實話報〉
　　爲例》，《冷戰國際史研究》，2008 年第 3 期。
2　大連市史志辦公室：《大連實話報史料集》，大連出版社，2003 年版，第 5 頁。

多位中方人員中，翻譯多達 30 餘人。《實話報》終刊後，中方翻譯人員幾乎全部被調往北京工作。1947 年 2 月，應中共旅大地委的請求，實話報社支持旅大地委舉辦爲期一年的黨內俄文訓練班，派出尤斯托夫、馬金爾兩人擔任俄語會話教員。

2、《實話報》的工作人員

1946 年 7 月，蘇軍第 39 集團軍任命瓦．維.西季赫緬諾夫（中文名爲謝德明）中校爲社長兼總編輯，列別辛斯基（蘇籍華人李必新）少校爲副社長兼副總編輯，克里楚夫少校爲秘書長。次任社長和秘書長分別爲格魯金寧中校、羅津中校。蘇軍在報社的 20 多位工作人員，除打字員等個別人從社會雇傭，均爲蘇聯現役軍人，由蘇聯軍官擔任報社社長、副社長和各部門負責人。報社中有幾十名懂中文的蘇聯軍官，「所有領導人和許多工作人員都精通中文，都受過專門的東方學高等教育：格魯金寧和薩班諾夫畢業於莫斯科納里曼塔夫東方學院中國系；西季赫緬諾夫和羅津畢業於海參崴遠東國大學東方系；安東諾夫、列略科夫、雅科夫列夫畢業於軍事外語學院。對李必新來說，中文是母語。」[1]

《實話報》作爲蘇軍駐旅大部隊的機關報，傳達蘇軍對旅大地區的指導思想，體現著蘇共中央的意志，謹愼地對待蘇聯與中國的兩國關係、蘇共與中共的兩黨關係。中華人民共和國成立之前，蘇聯依然與中華民國政府保持著外交關係。蘇軍創辦面對遼東半島中國讀者的中文《實話報》，需要使用中國的工作人員。實話報社內的 60 多位中方人員，除了蘇軍自己聘用的人員外，半數以上是中共旅大組織派出。實話報社內的蘇共和中共兩個支部，彼此間沒有正式溝通渠道，雙方各自爲政互不往來，雙方的黨員互不打聽對方組織的活動內容。報社內的中方工會成爲了雙方溝通的橋樑。

蘇軍與報社內的中方人員簽訂雇傭合同並支付薪金，中方工作人員以雇員身份參加蘇軍報紙工作。實話報社對中方員工實行工資加超額稿酬的薪酬制度。中國記者、編輯、翻譯和其他工作人員一律定爲三級工資制，初參加工作者定第三級工資，一個月後，根據工作數量和質量進行調整，不受工齡限制，可直接晉升第二級、第一級工資。在保證質量完成嚴格規定的數量定額，超過定額的按外稿稿酬計算支付。「負責校稿、審閱大樣的部主任、副總

---

[1] 弗·伊·安東諾夫：《〈實話報〉時間、事件、人物》，大連市史志辦公室：《大連實話報史料集》，大連出版社，2003 年版，第 448～449 頁。

編輯，稿費收入較少，則增加工資的百分之五十，使之與同一級員工的收入保持相對平衡。這樣，每個工作人員雖規定有固定工資，但每月所得的報酬完成定額的多少而浮動。」[1]

3、《實話報》的編輯方針

實話報社內的中方人員以雇員身份協助蘇軍開展報紙工作，無權過問報紙工作的辦報方針、業務指導和行政管理，無緣參加領導層的重要決策。中方人員看重報紙的「戰鬥性」，蘇方人員秉持報紙的「中立性」，中蘇雙方人員關於包括報紙編輯方針在內的分歧逐漸表面化，中方人員的不滿情緒日益強烈。蘇聯不滿於國民政府與美國簽訂《中美友好通商航海條約》，對美國開放門戶，蘇美對立局勢趨向緊張。《實話報》發表文章《把中國拉回到半殖民地狀況去的條約》，對美國展開輿論攻勢。國共內戰爆發，雙方殊死搏鬥。持「中立」態度的《實話報》，一方面與中共保持距離，另一方面對國民黨進行有克制的批判。

《實話報》在創刊初期，一般不刊用新華社稿件和中共正面抨擊國民黨的文章，很少報導中國解放戰爭，一概不使用「打倒美帝國主義」、「打倒蔣介石匪幫」之類的詞句，一概不刊登有關「土改」和「反霸」的稿件，隻字不提國共兩黨軍隊在東北展開猛烈的爭奪戰。中共旅大組織派到《實話報》的工作人員認為，蘇方的編輯方針不顧中國讀者的感受，批判國民黨只是使用措辭相對溫和的「國民黨反動派」，令人難以接受。地方新聞部記者歐陽惠向部主任薩班諾夫多次要求，加強對國民黨的批判，加強對國共內戰報導的力度都被擋回，理由是「本報是蘇方的報紙，只能服從蘇聯政府的外交方針，只能按照蘇軍指揮部的指示辦報」。[2]

實話報社內的中共支部經過討論後寫成了倡議，交給社長謝德明，倡議中所提出的建議未被蘇方採納。謝德明與報社中方工會主席林平談了一次話後，副社長李必新代表報社與中方人員談話。

李必新對中方工作人員說：「我們毫不懷疑你們成立編委會的建議。但很抱歉，不能照搬中共報社的那套做法，因為我們是蘇軍報紙，我們要對司令部絕對負責，如果出了錯，是要受軍法處置的。《實話報》和中共的黨報，大

---

1 陳山、林楊：《回憶〈實話報〉》，大連市史志辦公室：《大連實話報史料集》，大連出版社，2003 年版，第 460 頁。

2 歐陽惠：《我在報社當記者》，大連市史志辦公室：《大連實話報史料集》，大連出版社，2003 年版，第 518 頁。

方向是相同的，都是反對美帝國主義和中國反動派；但是，我們報紙的聲音和風格，只能採用塔斯社和真理報的語言和風格，不能用延安或東北日報的聲調和風格，至少暫時或短期不能用。關於用人制度，只能由社長決定。所以你們的建議……似乎有點干涉我們的內政。」[1]中方雇員、資深翻譯秋江是抗戰時期從新加坡回國奔赴延安的華僑，也是報社內出了名的「炮筒子」，他憤懣之下不無衝動地說：「提些建議，你們卻認為我們在干涉內政？好，你另請高明吧，我不幹了。」李必新冷冷地說：「好吧，雙方解除工作合同，請馬上到會計科結清你的工資。」[2]雙方的談話不歡而散。秋江辭職離開報社。

實話報社在秋江辭職後，採取措施注意平和不滿情緒。蘇方增設了由中方人員擔任的副總編輯、編輯部副主任、地方新聞部副主任等職位，將中方人員的編輯意見逐漸反映在版面上，中方人員獲得了一部分報導的審批權。李定坤、趙節、陳山先後任副總編輯。蘇方為了獲得中方人員的理解與合作，反覆地說明與解釋，實施新聞管制是蘇聯所處的外交局勢所致。

4、《實話報》的工作任務

（1）《實話報》的發刊詞

《實話報》創刊號發表的發刊詞，明確表達了蘇軍面對旅大地區中國人的辦報訴求，全文如下：

實話報創刊詞

《實話報》1946 年 8 月 14 日

　　今天，蘇聯紅軍指揮部主辦的中文報紙——實話報創刊號出版了。

　　本報的降生，恰逢《中蘇友好同盟條約》締造一週年紀念日這個意味深長的日子。去年 8 月 14 日在莫斯科簽字的這個條約，在中蘇兩國善鄰友好關係的發展上開闢了嶄新的和重要的階段。中國人民遵循著中華民國創造者孫中山先生鞏固中蘇兩國人民友好關係的屢次明確的指示，拿這個條約把中蘇兩國間堅固友誼的紐結更加結得牢固起來了。中蘇兩國人民的優秀兒女在與共同敵人——日本帝

1　歐陽惠：《我在報社當記者》，大連市史志辦公室：《大連實話報史料集》，大連出版社，2003 年版，第 519 頁。

2　歐陽惠：《我在報社當記者》，大連市史志辦公室：《大連實話報史料集》，大連出版社，2003 年版，第 519 頁。

國主義者搏戰中所灑的鮮血更加凝固了這種友誼，使他越見深厚堅實了。《中蘇友好同盟條約》奠定了遠東和平與秩序的堅固基礎。它表現出中蘇兩國人民共同反對日本侵略和預防這種侵略再起的志願，這個條約和同時簽訂的其他附約，再一次向全世界證明，蘇聯的對外政策和和平政策，是尊重他國人民權利的政策。蘇聯忠實地執行了條約上的義務，蘇聯紅軍在很短的期間便擊潰了日本武裝力量最精銳的法西斯關東軍，並把東北4000萬人民從日本壓迫下解放了出來。紅軍恢復了中國在東北的主權。由於自己尊重其他民族的主權之政策，由於自己承認每個民族有自決權和充分的民族獨立的政策，蘇聯依據條約上的規定和條件把自己的軍隊從東北撤走了，蘇聯的這種舉動證實了他不干涉中國內政的政策。

這一切都引起了中國人民對紅軍，對蘇聯，對蘇聯人民的領袖──斯大林大元帥的衷心感謝。東北人民在寫給蘇聯的極多感謝信中把斯大林叫作「正義的大元帥」，「中國的救星」，這並不是偶然的。中國人民用這些信表明對蘇聯的感謝，也表明他們願意同蘇聯一起為遠東以及全世界的和平而奮鬥。東北人民的信便是中國人民願意更有力的加強同蘇聯人民的友誼的鮮明表現。

忠實和客觀的報導關於蘇聯的一切，會大大地幫助和鞏固中蘇兩國人民的友好這一事業。必須指出，在中國，人們對蘇聯政治和經濟制度、歷史文化以及人民的風俗習慣，知道得很少。這是因為蘇聯的仇敵，首先是日本帝國主義者在長久的歲月裏，對蘇聯造謠、誣蔑，把一切空中樓閣和莫須有的罪名都強加在它的身上，為的是引起對蘇聯人民的不信任和仇恨。

反對法西斯暴政和奴役的第二次世界大戰，表明了蘇聯的偉大和其社會制度的堅強。蘇聯一切民族的一致和團結，領導國家獲得對德國法西斯和日本帝國主義之勝利的布爾什維克黨及其領袖斯大林大元帥的英明和遠見，堅決和有信心。得到這個勝利是很不容易的。蘇聯為了民主制度戰勝了法西斯德國，為了歐洲和亞洲各國人民的自由與獨立犧牲了700萬人的生命。由蘇聯紅軍解放出來的各國人民已明白了，蘇聯是自由和民族獨立的堡壘，是最完全的和最徹底的民主國家。

　　可是，還有很多的人不知道蘇聯的眞情。這便給中蘇友好的敵人造成誣衊宣傳的好機會。和平與民主的敵人絕未死心。他們仍然在千方百計的努力誣謗蘇聯。他們正在因爲蘇聯的威望一日千里的增長，因爲蘇聯擁護民主的鬥爭順利而徹底的進行，在那裡心驚膽寒。最後，他們看見，在紅軍解放出來的許多國家中，民主制度已經得到了勝利。和平和民主的死仇敵——反動的黑暗勢力，害怕喪失自己的陣地，因此他們正在破壞千千萬萬人用熱血和生命換來的和平，將人類推到新戰爭的深淵中去。他們用盡一切力量要使法西斯主義復活。因此，擺在眞正民主主義者和誠實的和平擁護者面前的任務，便是把反動派的假面具撕下來，把他們的卑鄙陰謀揭破。

　　我們的報紙要對讀者說出蘇聯的眞情，把蘇維埃國家，他們的地理、歷史、國家結構、人民生活、風習、文化和藝術介紹給廣大的讀者們。本報要經常向讀者說明世界其他各國人民生活的實況，說明歐洲各解放國人民怎樣在創造著他們的新生活，怎樣爲著實現自己的願望，爲著民主而奮鬥，以及他們在這一鬥爭中怎樣得到勝利。實話報要使讀者知道中國和外國的一切事件。最後，它要向讀者經常的報導旅大一帶的生活。報社同仁深信，讀者會給予我們儘量援助的。

　　謹在此向實話報讀者致以友誼的敬禮。[1]

（2）《實話報》的三個任務

　　《實話報》出版了一個月，把自己擔負的工作任務概括爲三個方面：[2]

　　第一，系統的向東北人民介紹蘇聯人民政治、經濟、社會文化生活一切方面的成就和建設的經驗，戰勝敵人的眞實情形和原因。

　　第二，介紹蘇聯紅軍從德國法西斯手中解放出來的歐洲許多國家和由日本帝國主義侵略壓迫下掙扎出來的東亞人民，進行民主改革的經驗。

　　第三，介紹國際和國內愛好和平的民主人士對中國時局的主張和意見，揭穿中國內外法西斯反動派互相勾結阻礙建立和平及實行民主改革，干涉中

1　大連市史志辦公室：《大連實話報史料集》，大連出版社，2003 年版，第 17～19 頁。
2　《本報召開通訊員座談會》，《實話報》，1946 年 9 月 14 日，轉引大連市史志辦公室：《大連實話報史料集》，大連出版社，2003 年版，第 335 頁。

國內政的陰謀。

（3）《實話報》要求中國通訊員

1946 年 9 月 12 日下午，實話報社副社長李必新對首次出席通訊員座談會的人員說：「諸位都是熱心於新聞工作且願意獻身社會的，希望經常注意各工場、學校、機關、團體的生活，把有意義的事件寫成很好的新聞在報上發表，並經常反映各界讀者對本報的意見，這在報社是很寶貴的，因爲它可以使本報不斷的改善，不斷的進步。再則，除新聞材料外，如小說，詩歌，戲劇等文藝作品也特別歡迎。」[1]

實話報社副總編輯李定坤在和中國通訊員談到「寫什麼」「如何寫」時說：「有兩種不同性質的報，也有兩種不同性質的通訊員。一種報是擁護獨裁的、反動的、非民主的，他的目的是破壞民主，反對進步，反對人民的。這種報紙的通訊員是拍馬、吹牛、欺騙、捏造，顚倒是非的；另一種是進步的報紙，是爲全世界爭取和平、民主而奮鬥的，實話報正是這樣的報紙。因此，我們是進步的新聞工作者，與全世界爭取和平，民主是不可分的，報紙的一點一滴都是爲人民服務，爲和平民主服務的」；在談到「如何構成一條新聞」時說：「一、地點，就是事情發生的地方；二，時間，事情發生在什麼時候；三，人物，是由什麼人去做的；四，事情發生過程；五，事情的起因；六，事情的結果。」要注意新聞的「目的性」、「指導性」和「眞實性」。[2]

5、《實話報》的刊載內容

（1）宣傳馬克思列寧主義

介紹馬克思列寧主義的文章，在《實話報》的版面上佔有很大比重。常用連載、講座的方式介紹馬克思列寧主義。發表了《馬列主義社會形態學說》《馬列主義的階級和階級鬥爭學說》《馬列主義與農民問題》《馬列主義黨的世界觀》《論列寧的著作〈蘇維埃政權的當前任務〉》《列寧論民主》《列寧和中國》《現階段的共產主義》《偉大十月社會主義革命講座》等社論、文章。

結合紀念日出版專集、發表系列文章，介紹馬克思列寧主義。出版《共產黨宣言》發表 100 週年紀念專集，馬克思、恩格斯逝世週年發表專論《偉

---

1 《本報召開通訊員座談會》，《實話報》，1946 年 9 月 14 日，轉引大連市史志辦公室：《大連實話報史料集》，大連出版社，2003 年版，第 336 頁。

2 《本報召開通訊員座談會》，《實話報》，1946 年 9 月 14 日，轉引大連市史志辦公室：《大連實話報史料集》，大連出版社，2003 年版，第 336 頁。

大的科學共產主義的創始人》，連續 5 年在列寧誕辰和逝世週年時發表《無產階級的偉大導師》《列寧主義思想的偉大勝利》《列寧和列寧主義是不朽的》，斯大林 70 壽辰時發表《斯大林與斯大林的領導》系列文章。

（2）全面系統地介紹蘇聯

《實話報》所佔篇幅多、報導的系統全面當屬介紹旅大中國讀者並不瞭解的十月革命後的蘇聯。《實話報》持續介紹與宣傳蘇聯的政治、經濟、文化和軍事。

連載長篇譯文，《蘇維埃民主》（陳威譯），全面系統地介紹社會主義國家蘇聯的政治體制。刊載《蘇聯的國家結構》《蘇聯是新型的國家》《憲法的實施》《集體農莊是什麼》《蘇聯的社會主義競賽》《蘇聯人民怎樣建設社會主義》《蘇聯的村蘇維埃》《蘇聯人民的收入》《人民福利不斷提高是社會主義社會發展的法則》《蘇聯建設三十年照片展覽介紹》《蘇聯城市的復興和發展》《經濟核算制是社會主義的經營方法》《布爾什維克黨的力量在於它跟群眾的聯繫》《蘇聯文化的繁榮》《論蘇聯公民的正直與自尊》《蘇維埃政權是人民的政權》《布爾會維克黨對勞動人民生活的關懷》《蘇聯工業的發展是人民幸福提高的基礎》《蘇聯工業品價格再降低》《新的上升階段中的蘇聯文化》《集體農莊公共的和私人的經濟》等社論、報導和文章，介紹蘇聯的新五年計劃，集體農莊的組織，公有財產和私有財產的處置，法律保障了公民的勞動權，農民的文化和生活水平的發展；轉載《眞理報》社論《蘇聯民族政策的成功》等專題文章介紹蘇聯憲法、蘇維埃社會主義共和國各盟員共和國的平等權利與兄弟友誼。

發表《蘇聯人民的文學與藝術》等社論、專文，推出專頁，介紹普希金、高爾基、馬雅可夫斯基等俄蘇文學大師和榮獲斯大林獎金的蘇聯文學作品代表作。連續 5 年在高爾基逝世週年發表重要文章，專門論述高爾基 1932 年提出的《文化人，你們跟誰走》這一命題的現實意義。介紹蘇聯國立大戲院、小戲院、列寧格勒舞蹈學校、蘇聯藝術研究院、國立艾爾米達士博物館等聞名遐邇的蘇聯文化藝術設施。出刊專頁介紹蘇聯視爲重事的體育及體育節（7月 20 日），發表了《基輔城的體育宮》《蘇聯最大的運動場》《蘇聯體育大學》等文章。幾乎無一遺漏地介紹在大連上映的蘇聯影片，發表影評，組織觀眾座談。

發表《蘇聯紅軍的三大特點》（斯大林）、《紅軍的軍官和將帥》《蘇軍在

擊潰希特勒時所起的作用》《蘇聯人民的英勇海軍》《蘇軍是解放軍》《蘇軍建軍三十週年紀念》《現代的頭等軍隊》等社論、文章，介紹蘇軍的英勇、道德品質以及對於世界各民族的友好，戰後復員了的蘇軍在為和平建設而努力，並介紹蘇聯的航空節（8月20日）、坦克節（9月7日）、空軍節（8月3日）、海軍節（7月27日）等。

（3）大力宣傳蘇中友好

《實話報》在發刊詞中沒有刻意表明中蘇友好，在選刊新聞時宣傳蘇中友好卻成為了一種自覺行為。1945年8月，蘇軍進駐旅大地區，一些官兵街頭酗酒滋事、強姦婦女、搶劫財物等軍風敗壞事件屢有發生，激起了民眾的普遍恐慌和仇視情緒。蘇軍政治部對蘇軍官兵加強了中蘇友好的教育，強力整肅軍紀，嚴懲違紀行為，運來大批糧食幫助遭受海陸封鎖的旅大人民渡過饑餓難關，運來大批原材料解決大連工廠面臨停工停產的燃眉之急，向大連農民無償借用戰馬，免費提供種子，派車派人，幫助春耕秋收。

《實話報》刊載了《蘇軍在東北的解放使命》《蘇軍籌設五處醫院大量撥給痘苗種痘》《蘇方熱愛中國工人，撥鉅款、食品慰勞工友》《蘇軍自帶乾糧馬料幫助農民送糞春耕》《蘇軍送地幫春耕》《蘇聯醫師輸血救華人》《蘇軍官兵幫助秋收》《蘇軍醫生使工友重見光明》《蘇中人民的友誼是遠東各民族和平與安全的保證》《蘇聯在擊潰日本侵略時所起的作用》《蘇軍在擊潰日本帝國主義中的決定作用》等報導、文章，努力塑造駐華蘇軍幫助中國、為中國人做善事的良好形象。1947年8月14日，國民政府與蘇聯政府簽訂《中蘇友好同盟條約》兩週年，《實話報》用一個整版的篇幅發表社論和文章，社論指出，國民黨反動派在全國掀起的反蘇反共運動，是企圖轉移人民對國內形勢的注意，想把內戰擴大到旅大地區、破壞旅大地區人民的和平生活。

《實話報》注意採用平衡報導手法，刊載《大連老百姓眼中的紅軍》《對八·二二蘇聯紅軍解放大連的感想》《中蘇友情更密切友誼佳話各地傳》《旅大人民感謝蘇軍解放》《兩個偉大民族的牢固友誼》《旅大人民熱愛蘇軍》《勝利紀念碑奠基》等報導，反映了中國人對駐華蘇軍的熱情態度。

（4）申明維護世界和平

《實話報》通過報導國際新聞，發表《蘇聯保衛和平》《為爭取和平反對戰爭挑撥者鬥爭中的蘇聯》《蘇聯是和平的宣告者》《蘇聯堅決保衛著和平》《蘇聯是國際和平、自由、民主陣營的先鋒》《蘇聯外交為鞏固聯合國原則而鬥爭》

《在遠東的和平政策》等社論與文章，申明蘇聯和平外交政策；發表《全世界革命力量團結起來反對帝國主義的侵略》《美帝國主義怎樣破壞了中國的和平民主與獨立》《美國為什麼支持國民黨的反人民政府》《美國與中國內戰》《北大西洋公約的侵略性質》《美帝扶日真相》等文章，揭露新戰爭的危險性及帝國主義的侵略罪行。

連載長篇譯文，《第二次世界大戰的起源和性質》（劉達逸譯），精細詳盡地分析了第一次世界大戰與第二次世界大戰的基本差別，揭露戰後的帝國主義者與法西斯殘餘影響世界和平，《徹底粉碎法西斯主義的民主鬥爭》（秋江譯），指出戰後的法西斯罪犯以及在二次大戰中的某些潛在的法西斯勢力，在帝國主義者的庇護中繼續活動，擴張宣傳，煽動戰爭，世界愛好和平的人們應繼續為徹底粉碎法西斯主義而進行民主鬥爭。

（5）有傾向地報導中國

《實話報》創刊伊始，即關注中國國內局勢，態度鮮明地選擇和處理新聞。1947 年 6 月，國民黨軍東北行轅副參謀長董彥平率團視察大連。《實話報》對於這一敏感之事，十天發表 8 條消息，有的只是極其簡短的動態消息。旅大人民廣播電臺記者宋黎光是《實話報》的通訊員，他對董彥平視察過的地方進行跟蹤採訪，趕寫了一篇挺生動的通訊送到報社。社長謝德明、副社長李必新合作，將通訊稿大加刪改為一句話刊登在版面上「董彥平中將及視察團團員昨日按所規定的計劃繼續工作」，並讓人轉告作者，原稿寫得很好，很有價值，由於外交關係不能刊登，從優給付稿酬。[1]《實話報》「明知大連建新公司熱火朝天地生產炮彈支持解放戰爭前線，卻從不進行報導。」[2]

《實話報》刊載《國民黨反動派消滅民主力量，已展開大規模軍事討伐》《國民黨反動派把中國帶到何處去》《國統區瘋狂大徵兵人民紛紛抗徵逃亡》《中國反動派引狼入室，美殖民中國得寸進尺》《中國官僚資本家利用特權中飽私囊》《國民黨中國的經濟破產》《震動全國的愛國學運》《國民黨專政的危機》等報導、文章，對國民党進行揭露。

支持中國共產黨，特別是中國人民解放軍 1948 年轉入戰略進攻並取得節節勝利後，《實話報》減少刊用塔斯社、《真理報》的稿件，開始採用新華社

1　歐陽惠：《我在報社當記者》，大連市史志辦公室：《大連實話報史料集》，大連出版社，2003 年版，第 520 頁。
2　大連市史志辦公室：《大連實話報史料集》，大連出版社，2003 年版，第 10 頁。

的稿件，發表《經濟繁榮的中國解放區》《中共在抗戰中的偉大作用》《解放區是中國經濟恢復繁榮的基礎》等文章。紀念中國共產黨誕生 20 週年，全文刊登毛澤東的《論人民民主專政》和報社秘書長羅津撰寫的專論《中國人民為自由和獨立鬥爭中的組織者與領導者——中國共產黨》。以顯著位置連續登載中國人民解放軍總部發布的戰報，擬製醒目標題報導瀋陽、天津、北平、西安、漢口、南昌、上海等大城市解放的重要新聞，開設「中國戰況一周」專欄，刊登《解放區十日》的綜合新聞。

旅大中蘇友好協會秘書長陸雲峰撰文紀念《實話報》創刊一週年，他說，「《實話報》是關東中蘇文化交流的主力軍，是鞏固中蘇崇高友誼的武器，假如說《中蘇友好同盟條約》鞏固了中蘇人民的友誼，保衛了遠東和平，那麼《實話報》即是溝通了中蘇人民的友誼，促進了遠東的和平。」[1]

第五節　朝鮮義勇隊與韓國光復軍在華出版報刊

一、朝鮮義勇隊、韓國光復軍在中國

韓國被日本佔領。1919 年 4 月 13 日，大韓民國臨時政府在中國上海成立，開展武裝鬥爭，爭取國際援助，提高民族實力。

1938 年 10 月 10 日，經國民政府軍委會同意，朝鮮義勇隊在武漢成立，隸屬軍委會政治部。朝鮮義勇隊總隊編輯委員會，下設朝鮮文刊物與漢文刊物兩個編委會。朝鮮文刊物編委會主任委員石正、委員金抖奉、李英駿、金南德等，漢文刊物編委會主任委員韓志成，委員柳子明、金奎光、李達、韓一來、荀季昭、王繼賢、尹為和等。

1940 年 9 月 17 日，韓國光復軍在重慶成立，編入中國軍隊。1942 年 5 月 15 日，國民政府軍委會決定將朝鮮義勇隊併入韓國光復軍（轄 3 個支隊），由參謀總長直接掌握，由軍委會指定專管指揮、請款領械。

朝鮮義勇隊、韓國光復軍主要配合中國軍隊，對日軍中的朝籍士兵開展反戰工作，聯絡朝鮮本土和旅外朝僑，招收與訓練朝籍有志青年，經常在朝鮮本土及日軍中散播復國運動文告，覓取情報。1945 年 5 月，國民政府同意將光復軍歸韓國臨時政府指揮。11 月 23 日，大韓民國臨時政府遷回國內，光

1　劉影、吳淼：《報文摘記》，大連市史志辦公室：《大連實話報史料集》，大連出版社，2003 年版，第 589～590 頁。

復軍次年返國。

二、朝鮮義勇隊創辦的報刊

　　朝鮮義勇隊總隊出版了朝鮮文報刊《朝鮮義勇隊通訊》、《戰鼓》，所屬的支隊及分隊創辦的朝鮮文刊物，主要有：《站崗》、《我們的生路》（第一支隊），《火種通訊》（第一支隊第三分隊），《朝鮮義勇隊黃河版》（第二支隊第一分隊），《朝鮮義勇隊華北版》、《內外消息》（漢文版，第二支隊第三分隊），《江南通訊》（第三支隊）。朝鮮義勇隊還與晉西抗日聯軍創辦雙日刊《抗戰日報》（漢文版）。

　　《朝鮮義勇隊通訊》，1939 年 1 月 15 日創刊桂林。分別出版朝鮮文和漢文版，鉛印。朝鮮義勇隊總隊主辦。蔣介石為該刊題詞「自強不息」。地址在桂林永東門外東靈街 1 號，幾經遷移，後設桂林水東門外施家園 53 號，每份定價為國幣三分，通訊處由桂林新知書店轉。1940 年 3 月 1 日，第 33 期由 8 開 2 版改為 16 開，由旬刊改為半月刊[1]，漢文豎排。第 34 期移至重慶出版，更名《朝鮮義勇隊》，並改為月刊，新新印刷廠印刷。1942 年 4 月，出版第42 期終刊。

　　創刊號發表署名奎光的發刊詞稱：「我們朝鮮義勇隊成立到現在有 3 個月了……我們的隊員同志們在中國軍事當局的指導下，一隊一隊地被派到南北各戰區中去，擔負了種種抗戰的工作。我們尤其要執行對敵宣傳，瓦解敵軍的任務。……我們要討論中韓兩民族聯合抗日的問題，要相互批評具體工作上的缺點和優點。」設「社評」、「內外要聞」、「本隊消息」、「通訊」、「十日時事」、「文章」、「詩歌」等欄目。刊載《「三一」運動以後朝鮮革命運動的新發展》（金光奎），《朝鮮民族革命的統一戰線與中朝抗日鬥爭的聯合戰線》（一水），《第二年的開始》、《我們參加中國抗戰的意義——致本隊前線同志書》（金若山），《中韓兩民族的時代使命》（李斗山），《共誅汪精衛》、《朝鮮民族解放運動在中國抗戰中的重要性》（李達），《為什麼中韓兩民族要團結》（李華林），《朝鮮義勇隊與朝鮮革命》（嚴為和），《朝鮮義勇隊的政治路線》（王通），《紀念雙十節與朝鮮義勇隊誕生》（矯漢治）等文，宣傳朝鮮民

1　另說：《朝鮮義勇隊通訊》，中文，初為 16 開本鉛印旬刊，第 28 期改為半月刊，見靖鳴、張雷：《抗戰時期朝鮮義勇隊在桂林等地新聞宣傳活動初探》，《抗戰文化研究》，2009 年。

族革命黨的政治主張，總結工作。第 25、26、27 期合刊發表文章《一年來
的對敵宣傳工作》（李貞浩），總結對敵宣傳工作經驗：對敵宣傳工作主要步
驟有二，一是與中國士兵打成一片，二是喚起當地民眾的同情與協助，打到
偽組織的後方去；對敵宣傳必須與部隊戰鬥相配合等。[1] 還刊載了《日本咽
喉的潰爛症》（范長江）、《第二次帝國主義世界大戰與全世界被壓迫民族解
放運動》（胡愈之）、《三一節紀念祝詞》（鹿地亙）等文。

刊載《朝鮮義勇隊在南路戰線》《朝鮮義勇隊第一區隊血戰紀實》《活躍
在平漢路上的第二區隊（第二區隊通訊之一）》《從平漢路上的戰鬥說到開展
華北工作問題》《接敵行軍記（第三區隊通訊之一）》《在江西戰場首送敵人
的新兵禮物（第三區隊通訊之二）》《開赴棗陽——鄂北工作隊剪影之一》《江
南火線上——第三區隊工作報導》《火線上的辯論會》《活躍在鄂北前線的朝
鮮義勇隊》《中條山的反掃蕩戰》等戰地通訊，報導朝鮮義勇隊在華北、華
中等地參加對日作戰，激勵鬥志，總結與交流工作經驗。刊載《一個俘虜的
告白》《俘虜木牧君訪問經過》《我的新生》（石正）等文，以日俘的自身經
歷號召其他日本士兵早日醒悟。介紹中國抗戰形勢，報導朝鮮、日本情況和
國際形勢。出版「七七事變」2 週年、「三一」運動廿週年和悼念烈士的紀念
特刊、專號。在版面空白處排印反日口號，有時配發中國畫家賴少其等人的
木刻作品。

三、韓國光復軍出版的《光復》雜誌

1941 年 2 月 1 日，韓國光復軍總司令部在西安創刊《光復》雜誌，月刊，
16 開，使用朝鮮文與漢文出版。韓國光復軍總司令李青天題寫中文刊名。國
民政府軍委會西安辦公廳主任熊斌、副主任谷正鼎、第四集團軍總司令孫蔚
如、陝西省政府秘書長彭昭賢、軍委會政治部戰時工作幹部訓練第四團教育
長葛五桀等西安軍政要員及社會賢達景梅九，題詞祝賀《光復》雜誌出版。
孫蔚如的題詞是「我祝貴族軍努力殺賊，光復祖國。」

1　靖鳴、張雷：《抗戰時期朝鮮義勇隊在桂林等地新聞宣傳活動初探》，《抗戰文化研
　　究》，2009 年。

圖 6-7　韓國光復軍總司令部出版的《光復》雜誌創刊號[1]

　　《光復》雜誌由韓國光復軍總司令部政訓處編輯，宣傳部長金光任主編及編輯部主任，趙時濟等人任編輯，政訓處處長趙擎韓負責發行。社址在二府街 4 號。西安益文印刷社印刷，印行數萬冊。朝鮮文版以生活在中國的朝鮮族爲讀者對象，漢文版主要面對中國的行政機關、軍事學校、教育機關、新聞雜誌社發行，各自所刊載的內容有較大的區別。

　　《光復》雜誌在發刊詞中確定自己的屬性與任務稱：《光復》是「光復軍及韓國革命民眾的忠實喉舌，它的重要任務是（一）向中國親愛的民眾忠實介紹韓國革命內容及理論；（二）向韓國民眾忠實介紹中國英勇抗日的消息及中國必勝之條件；（三）向全世界暴露日本帝國主義的暴行陰謀及其失敗之原因；（四）主張中韓兩大民族聯合抗日；（五）喚起中韓民眾的抗日情緒等。」[2]

　　第 3 期起設「短評（時評）」、「光復論壇」、「友邦動態」、「國際政治」、「敵情研究」、「軍學論著」、「遺芳瑣志」、「光復藝林」等專欄。[3]刊載韓國

1　王梅：《抗戰時期西安韓國光復軍事略》，《文博》，2005 年第 3 期。
2　王梅：《抗戰時期西安韓國光復軍事略》，《文博》，2005 年第 3 期。
3　王建宏：《韓國光復軍西安活動舊址考》，《當代韓國》，2008 年第 4 期。

臨時政府和光復軍領導人的論述及有關中韓合作抗戰、韓國光復軍、日本國內形勢、國際時事等文章，主要有韓國臨時政府主席金九的《中國抗戰第五年告國內外同志同胞書》，韓國光復軍總司令李青天的《韓國光復軍的過去與將來》，副官處長金學秀的《韓國光復軍之成立與中國抗戰》《韓國革命的新階段》，高級參謀金學奎的《韓國光復軍的當面工作》《三十年來韓國革命運動在中國東北》《三一節第二十二週年紀念宣言》，丁履進的《韓國獨立黨與倭寇南進》及《對敵錐型戰法之研究及今後應有之對策》《戰後世界改造與中國的領導責任》《太平洋戰爭與韓國光復》《第二次世界大戰與韓國光復運動》等。[1]

1　王梅：《抗戰時期西安韓國光復軍事略》，《文博》，2005 年第 3 期。

引用文獻

一、著作類

1. 戈公振：《中國報學史》，生活・讀書・新知三聯書店，1955 年版。

2. 方漢奇：《中國近代報刊史》，山西教育出版社，1981 年版。

3. 方漢奇：《中國新聞事業通史》第二卷，中國人民大學出版社，1996 年版。

4. 中國社會科學院近代史研究所：《辛亥革命時期期刊介紹》第 3 卷，人民出版社，1983 年版。

5. 中國社會科學院近代史研究所：《辛亥革命時期期刊介紹》第 5 卷，人民出版社，1987 年版。

6. 王綠萍：《四川報刊五十年集成》，四川大學出版社，2011 年版。

7. 許清茂、林念生：《閩南新聞事業》，福建人民出版社，2008 年版。

8. 南京報業志南京市地方志編纂委員會：《南京報業志》，學林出版社，2001 年版。

9. 張挺、王海勇：《中國紅色報刊圖史》，山西經濟出版社，2011 年版。

10. 李逸民、黃國平：《李逸民回憶錄》，湖南人民出版社，1986 年版。

11. 錢承軍：《建國前中國共產黨報刊研究》，中國文聯出版社，2009 年版。

12. 張鴻慰：《八桂報史文存》，廣西民族出版社，1995 年版。

13. 中華文化基金會：《掃蕩報二十年——掃蕩報的歷史記錄》，臺北，1978 年版。

14. 曾虛白：《中國新聞史》，三民書局，1984 年版。

15. 遼寧報業通史組委會：《遼寧報業通史（1899～1978）》，遼寧人民出版社，2016 年版。

16. 梁利人：《瀋陽新聞史綱》，瀋陽出版社，2014 年版。

17. 黑龍江日報社新聞志編輯室：《東北新聞史》，黑龍江人民出版社，2001 年版。

18. 陳粟大軍征戰記續編編輯委員會：《陳粟大軍征戰記續編》，新華出版社，1991 年版。

19. 中國人民政治協商會議廣東省委員會文史資料研究委員會：《廣東文史資料》第 48 輯，廣東人民出版社，1986 年版。

20. 文史資料研究委員會：《文史資料選編》第 10 輯，北京出版社，1981 年版。

21. 政協文史資料委員會《平津戰役親歷記》編審組：《平津戰役親歷記——原國民黨將領的回憶》，中國文史出版社，2012 年版。

22. 張挺、魏潤生：《中國古近代現代報紙圖集》，遼寧教育出版社，2015 年版。

23. 高維進：《中國新聞紀錄電影史》，世界圖書出版公司北京公司，2013 年版。

24. 湖北省地方志編纂委員會：《湖北省志·新聞出版（上）》，湖北人民出版社，1993 年版。

25. 李瞻：《中國新聞史》，臺灣學生書局，1979 年版。

26. 重慶抗戰叢書編纂委員會：《抗戰時期重慶的新聞界》，重慶出版社，1995 年版。

27. 馬光仁：《上海新聞史》，復旦大學出版社，1996 年版。

28. 曾旭波：《汕頭埠老報館》，暨南大學出版社，2016 年版。

29. 汪維餘、楊繼軍、蔡鄂：《中國人民解放軍戰史概要》，軍事科學出版社，2006 年版。

30. 顧棣：《中國紅色攝影史錄》，山西人民出版社，2009 年版。

31. 中國近代現代出版史編纂組：《中國近代現代出版史學術討論會文集》，中國圖書出版社，1990 年版。

32. 福建省地方志編纂委員會：《福建省志·新聞志》，方志出版社，2002 年版。

33. 湖南省博物館：《湖南革命史料選輯·紅軍日報》，湖南人民出版社，1979 年版。

34. 中共中央文獻研究室：《毛澤東文集》第二卷，人民出版社，2009 年版。

35. 黃河、張之華：《中國人民軍隊報刊史》，解放軍出版社，1986 年版。

36. 吳錫恩：《中國解放區報業圖史》，清華大學出版社，2012 年版。

37. 王傳壽：《烽火信使——新四軍及華中抗日根據地報刊研究》，合肥工業大學出版社，2010 年版。

38. 馬駒驥：《新聞電影——我們曾經的年代》，中國攝影出版社，2002 年版。

39. 方方：《中國紀錄片發展史》，中國戲劇出版社，2003 年版。

40. 新華通訊社史編寫組：《新華通訊社史》第 1 卷，新華出版社，2010 年版。

41. 程沄：《江西蘇區新聞史》，江西人民出版社，1994 年版。

42. 《毛澤東新聞工作文選》，新華出版社，1983 年版。

43. 廣州軍區政治部戰士報社：《〈戰士報〉80 年》，新華出版社，2010 年版。

44. 肖鋒：《長征日記》，上海人民出版社，2006 年版。

45. 《鄧拓文集》第 4 卷，北京出版社，1986 年版。

46. 晉察冀日報大事記編寫組：《〈晉察冀日報〉大事記》，群眾出版社，1986 年版。

47. 聶榮臻：《聶榮臻回憶錄》，解放軍出版社，2007 年版。

48. 晉察冀日報大事記編寫組：《〈晉察冀日報〉大事記》，群眾出版社，1986 年版

49. 程效光、蘇克勤、郟德強：《彭雪楓全傳》，河南人民出版社，2008 年版。

50. 上海市新四軍歷史叢刊社：《喉舌與號角——新四軍和華中抗日根據地報刊史料集萃》，香港語絲出版社，2004 年版。

51. 中共溫州市黨史研究室：《廿一軍在溫州》，中共黨史出版社，2010 年版。

52. 丁星：《追尋鐵軍》，解放軍出版社，2011 年版。

53. 石志民：《〈晉察冀畫報〉文獻全集》，中國攝影出版社，2015 年版。

54. 中國人民解放軍歷史資料叢書編審委員會：《八路軍回憶史料（3)》，解放軍出版社，1991 年版。

55. 粟裕、陳雷：《星火燎原》第 17 集，解放軍出版社，2009 年版。

56. 鄭超然、程曼麗、王泰玄：《外國新聞傳播史》，中國人民大學出版社，2000 年版。

57. 王曉嵐著：《喉舌之戰——抗戰中的新聞對壘》，廣西師範大學出版社，2001 年版。

58. （日）山本文雄、山田實、時野谷浩：《日本大眾傳播工具史》，青海人民出版社，1984 年版。

59. 趙玉明：《中國廣播電視通史（新一版)》，中國廣播影視出版社，2014 年版。

60. 田秀忠：《吉林省報業大事記》，吉林人民出版社，2015 年版。

61. 大連市史志辦公室：《大連實話報史料集》，大連出版社，2003 年版。

62. 遼寧報業通史組委會：《遼寧報業通史（1899～1978)》，遼寧人民出版社，2016 年版。

二、論文類

1. 趙治國：《士兵選練與北洋新軍近代化》，《黔南民族師範學院學報》，2001年第5期。

2. 同書琴：《袁世凱、張之洞與北洋、湖北新軍異化比較研究》，《武漢大學學報：人文科學版》，2005年第5期。

3. 沈繼成：《從湖北新軍的特點看武昌首義的有利條件》，《華中師院學報》，1982年第5期。

4. 嚴昌洪：《張之洞編練湖北新軍》，《湖北文史資料》，2009年第10期。

5. 李斯頤：《清末的官報》，《百科知識》，1995年第6期。

6. 中國第一歷史檔案館：《晚清創辦報紙史料（一）》，《歷史檔案》，2000年第2期。

7. 郭傳芹：《論清末督撫與近代官報創設》，《中州學刊》，2012年第2期。

8. 楊蓮霞：《清末官報派銷發行方式管窺——以〈北洋官報〉為中心的考察》，《中國經濟史研究》，2016年第6期。

9. 李斯頤：《清末的官報》，《百科知識》，1995年第6期。

10. 孫琴：《清末留學生日本創辦期刊概述》，《圖書情報工作》，2010年第5期。

11. 楊海平、李剛：《清末留日學生報刊述論》，《編輯學刊》，2001年第5期。

12. 張曉鴻：《我國近代的兵事雜誌》，《軍事歷史》，1985年第3期。

13. 侯昂妤：《近代軍事學期刊的創辦及其學術功能——以〈（浙江）兵事雜誌〉為例》，《軍事歷史研究》，2011年第2期。

14. 單補生：《我珍藏的早期黃埔期刊》，《黃埔》，2011年6期。

15. 樊雄：《〈黃埔日刊〉考析》，《黃埔》，2006年第4期。

16. 袁章授、樓子芳：《新發現的黃浦軍校〈革命畫報〉》，《杭州大學學報》，1990年第3期

17. 曾旭波：《珍貴的〈革命軍日報〉》，《汕頭特區晚報》，2012年5月14日。

18. 李萌：《建國前的寧夏報業》，《新聞大學》，1995年第2期。

19. 龔小京：《江西省建國前報刊概述》，《江西圖書館學刊》，1989年第4期。

20. 王曉嵐：《抗戰時期國民黨的軍隊報刊》，《軍事歷史》，1998年第1期。

21. 周曉晴：《三四十年代西康地區期刊（藏族部分）之述略》，《西南民族學院學報·哲學社會科學版》，2000年第2期。

22. 魯衛東：《軍閥與內閣——北洋軍閥統治時期內閣閣員群體構成與分析》，《史學集刊》，2009年第2期。

23. 江英：《全面內戰爆發前國民黨整軍析》，《軍事歷史》，1994年第4期。

24. 宋文欽：《國民黨「軍隊國家化」的破產》，《黨史文苑》，2016 年第 4 期上半月。

25. 仲華：《抗戰時期國民黨軍隊政治工作述論》，《南京社會科學》，2005 年第 4 期。

26. 王奇生：《抗戰時期國民黨軍隊的政工與黨務》，《抗日戰爭研究》，2007 年第 4 期。

27. 盧毅：《國民黨軍隊政工的發展歷程及其痼疾（1924～1949）──兼與中共軍隊相比較》，《黨史研究與教學》，2010 年第 5 期。

28. 龔小京：《江西省建國前報刊概述》，《江西圖書館學刊》，1989 年第 4 期。

29. 周曉晴：《三四十年代西康地區期刊（藏族部分）之述略》，《西南民族學院學報·哲學社會科學版》，2000 年第 2 期。

30. 繆平均：《兩份西安事變的真實紀錄》，《博覽群書》，2008 年第 1 期。

31. 張義：《它吹響了復土還鄉的號角──張學良創辦〈西京民報〉》，《黨史縱橫》，1998 年第 10 期。

32. 郭傳芹：《「西安事變」爆發時報端鈎沉》，《新華月報》，2007 年第 2 期。

33. 趙樂群：《我的知道的〈新康報〉》，《新聞與傳播研究》，1986 年第 3 期。

34. 陳崢：《第三屆廣西學生軍與崑崙關戰役》，《軍事歷史研究》，2012 年第 3 期。

35. 曹愛民：《從媒介生態視角看抗戰時期廣西學生軍報刊活動》，《玉林師範學院學報》，2010 年第 4 期。

36. 王龍：《三百萬日僑大遣返──從「頭等公民」到「天皇棄民」》，《國家人文歷史》，2015 年第 16 期。

37. 高綱博文：《上海最後的日文報紙〈改造日報〉──圍繞其「灰色地帶」背景的考察》，《史林》，2017 年第 1 期。

38. 賀逸文：《瀋陽〈中蘇日報〉片斷》，《新聞與傳播研究》，1982 年第 6 期。

39. 張新吾：《創辦〈平明日報〉》，《團結報》，2013 年 7 月 18 日。

40. 陳祐慎：《抗戰時期的國民黨部隊電影事業》，《抗戰史料研究》，2012 年第 1 輯。

41. 陽翰笙：《泥濘中的戰鬥（二）──影事回憶錄》，《電影藝術》，1986 年第 3 期。

42. 苗壯：《閻錫山與民國山西電影事業──從 1924 年閻錫山拍攝「閱兵電影」說起》，《當代電影》，2017 年第 9 期。

43. 李泓：《山西早期拍攝的電影》，《文史月刊》，2003 年第 1 期。

44. 宋時：《鄭君里創作個性初探》，《電影藝術》，1990 年第 1 期。

45. 陳晨：《憶〈華北是我們的〉拍攝經過》，《電影藝術》，1961 年第 5 期。

46. 鄒安和、吳臻：《管理日軍俘虜那些年——回憶父親鄒任之》，《檔案春秋》，2014 年第 9 期。

47. 王綠萍：《解放前四川西部少數民族地區的新聞事業》，《西南民族學院學報（哲學社會科學版）》，1999 年第 6 期。

48. 楊建中：《閻錫山「民族革命戰爭」論與山西抗戰》，《山西廣播電視大學學報》，1999 年第 4 期。

49. 閻雲溪：《民族革命通訊社概略》，《山西文史資料》，1997 年第 5 期。

50. 萬枚子：《憶國民黨軍委會〈掃蕩報〉的變遷》，《湖北文史》，2008 年第 1 輯。

51. 畢修勺：《我任〈掃蕩報〉總編輯的始末》，《新聞大學》，2000 年秋季號。

52. 葉青松：《一張珍貴的歷史擺拍照片》，《中國國防報》，2015 年 4 月 3 日。

53. 王潤西：《王秉璋在平型關大戰中》，《神劍》，2010 年第 5 期。

54. 耿軍、王志剛：《〈掃蕩報〉沿革與發展相關史料》，《民國檔案》，2014 年第 3 期。

55. 鄧加榮：《毛澤東與中央社掃蕩報新民報記者談話的前因後果》，《炎黃春秋》，1994 年第 1 期。

56. 張西洛：《毛澤東——掌握時機的大師》，《人民日報》，1994 年 1 月 2 日。

57. 彭繼良：《抗日戰爭時期桂林的新聞事業》，《廣西大學學報（哲學社會科學版）》，1986 年第 2 期。

58. 高天：《對昆明〈掃蕩報〉的回憶》，《新聞研究資料》，1985 年第 2 期。

59. 張文友、楊曉玲：《長征中的〈紅星報〉》，《中國檔案報》，2013 年 12 月 9 日。

60. 盧文斌：《人民日報報系的歷史沿革（1937.12.11～1949.8.1）》，《新聞戰線》，2008 年第 2 期。

61. 肖波：《埋頭苦幹及其他——深切緬懷〈拂曉報〉創始者彭雪楓將軍》，《新聞界》，1987 年第 1 期。

62. 張震：《祝賀拂曉報》，《新聞戰線》，1958 年第 11 期。

63. 阮家新：《抗戰時期駐華美軍部署及作戰概況——兼談中國戰區在美國戰略棋盤上的地位》，《抗日戰爭研究》，2007 年第 3 期。

64. 雪珥：《日本宣傳戰操控甲午戰爭風向》，《文史參考》，2011 年第 24 期。

65. 方一戈：《一個日本人筆下的「旅順大屠殺」》，《文史春秋》，2004 年第 5 期。

66. 李康民：《甲午戰爭中的日本戰地記者》，《青年記者》，2013 年第 29 期。

67. 雪兒簡思（澳大利亞）：《甲午中日公關宣傳戰：日本滿清，誰是「中華」》，《時代教育（先鋒國家歷史）》，2008 年第 11 期。

68. 方漢奇、谷長嶺、馮邁：《近代中國新聞事業史事編年（十）》，《新聞研究資料》第 18 輯，1983 年 3 月。

69. 田兆運：《傑克·倫敦冒險報導日俄戰爭》，《軍事記者》2005 年第 7 期。

70. 張昆：《十五年戰爭與日本報紙》，《日本研究》，1991 年第 2 期。

71. 郭循春：《日本陸軍對華新聞輿論操縱工作研究（1919～1928）》，《民國檔案》，2017 年第 4 期。

72. 許金生：《侵華日軍的宣傳戰——以日軍第 11 軍的紙質宣傳品宣傳爲中心》，《民國檔案》，2017 年第 3 期。

73. 郭貴儒：《日僞在華北淪陷區新聞統制述論》，《河北師範大學學報（哲學社會科學版）》，2003 年第 3 期。

74. 〔日〕寺田秋三：《侵華日軍作戰宣傳案例史料——〈關於宜昌作戰前線報導部〉》，《抗戰史料研究》，2016 年第 1 輯。

75. 黃瑚：《日本在我國淪陷區的新聞統制政策》，《新聞大學》，1989 年第 3 期。

76. 經盛鴻：《日本的新聞傳媒與日本的侵華歷史》，《抗戰史料研究》，2014 年第 1 輯。

77. 經盛鴻、開云：《侵華日軍在南京大屠殺期間對新聞輿論的控制與利用》，《南京師範大學學報（社會科學版）》，2004 年第 6 期。

78. 劉立軍：《日本侵華戰爭中的「筆部隊」》，《鍾山風雨》，2008 年第 6 期。

79. 王向遠：《「筆部隊」及其侵華文學（二）》，《文藝報》，2007 年 5 月 26 日。

80. 孫繼強：《試論侵華戰爭時期日本報界的戰時體制》，《求索》，2010 年第 2 期。

81. 經盛鴻：《南京大屠殺期間日本隨軍記者、作家群體活動分析》，《民國檔案》，2007 年第 2 期。

82. 經盛鴻：《南京大屠殺期間日本隨軍記者與作家》，《百年潮》，2008 年第 12 期。

83. 王向遠：《日本對華文化侵略與在華通信報刊》，《蘇州科技學院學報（社會科學版）》，2005 年第 3 期。

84. 向遠：《「筆部隊」及其侵華文學（二）》，《文藝報》，2007 年 5 月 26 日。

85. 張貴：《東北淪陷 14 年日僞的新聞事業》，《新聞研究資料》，1993 年第 1 期。

86. 羅飛霞：《抗戰淪陷時期武漢報刊之管窺》，《理論月刊》，2008 年第 1 期。

87. 于紅、李豫：《淺談民國時期的東北無線電廣播》，《黑龍江史志》，2009 年第 22 期。

88. 小力：《美軍 AFN 廣播網之管窺》，《電子世界》，2006 年第 1 期。

89. 蔡靜平、何亞萍：《無孔不入的輿論尖兵——美軍廣播輿論戰及其技術裝備概觀》，《國防科技》，2007 年第 12 期。

90. 周啓萬：《解放前天津的廣播電臺》，《現代傳播》，1985 年第 1 期。

91. 宋鶴琴：《解放前的北京廣播事業》，《現代傳播》，1984 年第 2 期。

92. 焦麗：《對東北淪陷前後日俄報刊的調查、研究與利用》，《新聞愛好者》，2014 年第 3 期。

93. 鄭成：《國共內戰時期東北地方層面上的中蘇關係——以旅大地區蘇軍〈實話報〉爲例》，《冷戰國際史研究》，2008 年第 3 期。

94. 靖鳴、張雷：《抗戰時期朝鮮義勇隊在桂林等地新聞宣傳活動初探》，《抗戰文化研究》，2009 年。

95. 王梅：《抗戰時期西安韓國光復軍事略》，《文博》，2005 年第 3 期。

96. 王建宏：《韓國光復軍西安活動舊址考》，《當代韓國》，2008 年第 4 期。

97. 柱江：《政治工作是我軍的生命線——我軍政治工作的歷史回顧》，《解放軍報》，2000 年 6 月 26 日。

98. 謝若初、呂耀東：《收買輿論是日本的「百年騙術」》，《解放軍報》，2017 年 2 月 5 日。

三、報刊類

1. 《本會編輯處廣告》，《軍事月報》，1912 年 12 月第 2 期。

2. 《本社成立前之經過》，《武德》，1913 年 1 月第 1 期。

3. 孟彥倫：《發刊詞一》，《武德》，1913 年 1 月第 1 期。

4. 《廣告價目》，（浙江）《兵事雜誌》，1915 年 5 月第 14 期。

5. 《本刊露布》，《中國軍人》，1925 年 2 月 20 日。

6. 編者：《本刊特別啓事》，《中國軍人》第五號，1925 年 4 月 30 日。

7. 趙宗復：《今年的陣中日報》，（太原）《陣中日報》，1948 年 1 月 1 日。

8. 《第十六期中國的空軍出版了！》，《中央日報》，1938 年 11 月 17 日。

9. 《本社徵求長期訂户啓事》，《中國的空軍》，第 16 期封底。

10. 《本報重要啓事》，《長城日報》，1947 年 12 月 31 日。

11. 《國防部增設　軍中廣播電臺》，《長城日報》，1947 年 8 月 2 日。

12. 中國電影製片廠：《熱血忠魂》廣告，《南洋商報》，1938 年 8 月 25 日。

13. 《戰時驚人秘密　毛岡簽訂神池密約》，《長城日報》，1947 年 8 月 2 日。

14. 美國軍部著：卿汝楫譯：《美國軍中報導與教育工作之目的及範圍》，太原《陣中日報》，1948 年 2 月 4 日。

15. 《本報爲組織讀報會宣言》,《掃蕩報》,1935 年 6 月 1 日。

16. 《本報直接訂户公鑒》,《掃蕩報》,1935 年 10 月 16 日。

17. 《掃蕩報自本月十二日起改名和平日報並發行南京版及恢復漢口版啓事》,重慶《掃蕩報》,1945 年 11 月 11 日。

18. 《〈戰友〉四年記事》,八路軍冀魯豫軍區《戰友報》1947 年 3 月 22 日。

19. 《命令》,《抗敵報》,1939 年 10 月 11 日。

20. 羅榮桓:《戰士報五百期紀念》,《戰士》報(第 500 期),1942 年 1 月 8 日

21. 《題詞》,《晉察冀畫報》,1942 年 7 月 7 日第 1 期。

22. 沙里:《第二次世界大戰時美軍中的文化服務》,(北平)《陣中日報》,1947 年 11 月 10 日。

23. 小連:《一年來的〈實話報〉》,《實話報》,1947 年 8 月 17 日。

四、內部資料

1. 廣西政協文史資料委員會、廣西日報新聞史志編輯室、民革廣西壯族自治區委會:《桂系報業史》,1997 年 12 月。

2. 《我們是怎樣成長的——奮鬥日報九週年紀念冊》,1947 年 7 月 1 日。

3. 郭必強:《淮海戰役前後的軍事新聞通訊社》,《淮海戰役新論——紀念淮海戰役暨徐州解放 50 週年學術討論會論文集》,1998 年。

4. 《空軍總司令部空軍廣播電臺週年紀念特刊》,1948 年元旦出版。

5. 新華社新聞研究部:《新華社文件資料選編》第 1 輯(1931～1949)。

6. 北京軍區政治部戰友報社:《不平凡的歷程——〈戰友報〉創刊 62 週年簡史》。

7. 周彥、趙麗娟:《淺談甲午戰爭時期日本當局對新聞的控制》,《江橋抗戰及近代中日關係研究(下)》,2004 年。

五、網絡文獻

1. 《中國早期的官方報紙　北洋官報》,
   http://blog.sina.com.cn/s/blog_51ec9abf0101pp48.html。

2. 《大清第一報——〈政治官報〉》,
   http://blog.sina.com.cn/s/blog_51ec9abf0102vpfn.html。

3. 《網上首見——大清國雜誌〈武備雜誌〉共五期　北洋武備研究所刊行》,
   www.997788.com/pr/detail_4_27260192.html。

4. 《辛亥紀事:蔣介石與陳其美》,
   http://www.360doc.com/content/12/1119/2068001_248782412.shtml。

5. 范復潮：《辛亥革命時期的蔣介石》，
   news.qq.com/a/20110927/001431.htm。

6. 蔣介石：《軍政統一問題》，《蔣介石軍聲雜誌六篇文章》，
   wenku.baidu.com/view/c7abf77d0242aece40e.html。

7. 《捷音日報》，
   http://www.xinwenren.com/baike/201301243743.html。

8. 《戰事日刊》，
   http://www.xinwenren.com/baike/201301243744.html。

9. 《正義日報》，
   http://www.xinwenren.com/baike/201301243746.html。

10. 《啓明日報》，
    http://www.xinwenren.com/baike/201301243745.html。

11. 《正義日報》，
    http://www.xinwenren.com/baike/201301243746.html。

12. 《黃埔軍校報刊》，
    http://www.huangpu.org.cn/hpjx/201605/t20160504_11450233.html。

13. 《黃埔軍校教學中政治教育第一的思想》，
    www.huangpu.org.cn/hpjx/201605/t20160504_11450316.html。

14. 《由黃埔軍校政治部編輯出版的〈黃埔日刊〉》，
    http://www.huangpu.org.cn/zt/hplt/lzp/201306/t20130606_4287458.html。

15. 《黃埔日刊新聞記者規則》，載 1927 年《中央軍事政治學校法規全部》，
    http://www.hoplite.cn/Templates/hpjxwx0168.htm。

16. 《中國的空軍》，
    http://www.jslib.org.cn/pub/njlib/njlib_gczy/njlib_mbwx/200508/t20050805_3168.htm。

17. 何江：《黃埔軍校南京時期軍校報刊史料考證》，
    http://www.huangpu.org.cn/hpyj/201704/t20170427_11755078.html。

18. 《蘇州日報的前世今生》，
    http://www.wutongzi.com/a/83570.html。

19. 《柳州市志·報刊志·第一章報紙》，
    http://lib.gxdqw.com/view-b19-168.html。

20. 《廣西壯族自治區通志·報業志·第五章 軍警憲特報紙》，
    http://lib.gxdqw.com/file-a40-1.html。

21. 《〈陣中日報〉在老河口組閣新陣容》，
    http://www.kongming.cc/thread-1176671-1-1.html。

22. 《〈一寸山河一寸血〉解說詞・第十七集　戰時文化》，
www.360doc.com/content/11/1008/18/700052_154391922.shtml。

23. 王鈺：《民國時期西康報業概論（1929～1949）》，
www.doc88.com/p-360167237969.html。

24. 《廣西通志・報業志・第二篇　民國報業》，
http://lib.gxdqw.com/file-a40-1.html。

25. 《廣西通志・報業志・第二篇　民國報業》，
http://lib.gxdqw.com/file-a40-1.html。

26. 陳雪堯：《解放前夕的廣州新聞界概況》，
www.gzzxws.gov.cn/gzws/fl/wjwt/200809/t20080917_9118.htm。

27. 《奮鬥日報[1948 年 2 月 6 日]》，
http://www.997788.com/s115_9076465/。

28. 《美軍拍攝的中國抗戰照片》，
http://www.cztv.com/news2014/364665.html。

29. 《國寶級紀錄片〈民族萬歲〉，77 年後再次放映了！》，
http://www.sohu.com/a/160456127_99901506。

30. 陳晨、魏楸：《〈民族萬歲〉和鄭君里值得重新發現》，
http://news.hexun.com/2015-09-15/179102229.html。

31. 單萬里：《中國文獻紀錄片的演變》，
https://www.douban.com/group/topic/1366471/。

32. 《〈中國之抗戰〉影評》，
https://movie.douban.com/review/5803077/。

33. 《閻錫山曾投資電影公司　欲將自身功績拍成電影》，
http://js.ifeng.com/humanity/his/detail_2015_01/26/3479246_0.shtml。

34. 張悅：《日本戰俘與中國電影傳奇第 37 期》，
http://yule.sohu.com/2004/06/03/43/article220384331.shtml。

35. 《〈東亞之光〉〈一江春水向東流〉等抗日電影一覽》，
http://www.wenming.cn/hswh/jnkzsl70zn/kzys/201509/t20150903_2837182.
shtml。

36. 《黃埔通訊社簡章》，原載 1927 年《中央軍事政治學校法規全部》，
http://www.hoplite.cn/Templates/hpjxwx0167.htm。

37. 《資料：安崗：辦報一路不停地辦報》，
roll.sohu.com/20130503/n374732635.shtml。

38. 《掃蕩畫報雙十特刊 1935》，
http://book.kongfz.com/41632/200332407/。

39. 《〈掃蕩畫報〉民國 25 年 6 月 27 日》，
http://www.997788.com/pr/detail_115_21580083_0.html。

40. 《〈掃蕩報〉民國 24 年 11 月 11 日（1-12 版）》，
http://js.7788.com/s115/51232684/。

41. 《1939 年重慶「五三、五四」大轟炸慘案 77 週年　重慶市民悼念死難同
胞》，mil.qianlong.com/2016/0504/583232.shtml。

42. 余湛邦：《張治中與毛澤東》，
http://www.hoplite/Templates/kscfls0145.html。

43. 陳雪堯：《解放前夕的廣州新聞界概況》，
www.gzzxws.gov.cn/gzws/fl/wjwt/200809/t20080917_9118.htm。

44. 張興吉：《民國時期的海南報刊》，
http://news.qq.com/a/20130617/021224.htm。

45. 《閱讀海南〈瓊崖百年報業〉發展史的滄海桑田》，
http://www.huaxia.com/qtzmd/jrhn/hnxw/2013/06/3381509.html。

46. 《為民族抗日吶喊的〈前進報〉》，
http://www.gd.xinhuanet.com/newscenter/2003-11/28/content_1266544.htm。

47. 徐安莉：《伊文思贈給延安電影團的手提攝影機》，
http://www.chnmuseum.cn/Default.aspx?TabId=450&AntiqueLanguageID=1
445&AspxAutoDetectCookieSupport=1。

48. 《紅牆攝影師：毛澤東的哪些照片曾經不能公開》，
www.ccsph.com/detail_6647.html。

49. 錢筱璋：《一部在延安誕生的影片——憶〈南泥灣〉的攝製》，
http://www.cndfilm.com/20081229/105435.shtml。

50. 袁牧之：《關於解放區的電影工作》，
www.cndfilm.com/20101124/105112/.shtm。

51. 《在血與火中見證歷史——三路新聞縱隊全景記錄石家莊解放》，
http://sjzrb.sjzdaily.com.cn/html/2014-11/12/content_1123266.htm。

52. 劉建新、雷銘劍：《對〈戰士報〉的歷史沿革考證》，
news.xinhuanet.com/mil/2010-07/23/content_13903799_1.htm。

53. 《在山東解放區出版的軍隊報紙》，
http://blog.sina.com.cn/s/blog_138dda0a80102uztk.html。

54. 王雁：《〈尋找沙飛〉——14.河北阜平縣城》，
http://blog.voc.com.cn/blog.php?do=showone&type=blog&itemid=879307。

55. 《捐贈 1943 年〈拂曉報〉及彭雪楓親筆詩》，
http://fujian.hexun.com/2015-04-26/175311261.html。

56. 《尋訪〈晉察冀畫報〉創刊地碾盤溝》，

http://blog.culture.ifeng.com/article/19448860.html。

57. 顧棣、王笑利：《〈晉察冀畫報〉工作事略（1）》，
http://www.shafei.cn/center/dataset/historical%20materials_057.htm。

58. 《日本兵何時起駐紮上海》，
http://blog.sina.com.cn/s/blog_51d5b0650101iib2.htm。

59. 《圍攻十日，功敗垂成：淞滬會戰第一階段的中日攻防戰》，
http://news.sina.com.cn/o/2017-08-13/doc-ifyixipt1406901.shtml。

60. 《芷江受降紀念館首次公布蘇聯志願航空隊援華抗戰視頻》，
http://wozaizheer.com/swzx/u13-content,2015-05,06,content_12423493.htm.aspx。

61. 《紅色飛鷹——抗戰期間蘇聯志願航空隊援華始末》，
http://news.china.com/history/all/11025807/20141231/19164802_all.html。

62. 《抗戰時蘇聯空軍秘戰四川　擊落炸毀日機 500 餘架》，
http://mil.news.sina.com.cn/2014-12-09/1724814639.html。

63. 《揭蘇聯遠東軍二戰秘聞：重創日本關東軍為二戰日軍投降打下漂亮一仗》，http://hz.edushi.com/bang/info/149-157-n3522864-p1.html。

64. 《二戰中國戰區溯源》，
http://phtv.ifeng.com/hotspot/fhd/200711/1112_2307_294093.shtml。

65. 王浩然：《「農夫」變「飛虎」陳納德率小夥伴昆明空中築長城》，
http://news.163.com/15/0827/08/B20U1L3H00014AEE.html。

66. 郭太風：《日本帝國主義摧殘上海文教新聞事業罪行述評》，《上海紀念抗日戰爭勝利 60 週年研討會論文集》2005 年，
http://cpfd.cnki.com.cn/Article/CPFDTOTAL-SHSL200508001022.htm。

67. 郭青劍：《攝影，曾經被日本用作侵華工具》，
http://art.people.com.cn/n/2014/0327/c206244-24753729.html。

68. 《甲午戰爭日本收買世界媒體：路透社一篇 606 英鎊》，
http://mil.huanqiu.com/history/2014-04/4972496.html。

69. 日本讀賣新聞戰爭責任檢證委員會：《二十世紀三四十年代的日本媒體》，http://yingliu165.blog.sohu.com/100264577.html。

70. 《民國瓊崖最大出版商海南書局：島內名儒常駐》，
https://news.qq.com/a/20080914/001517.htm。

71. 毛麗萍：《一篇報導 25 句，19 句半都是假話》，
http://news.ifeng.com/gundong/detail_2011_12/13/11275080_0.shtml。

72. 秋月朗：《檔案：日寇侵華映像集錦——平津篇（組圖）》，
http://blog.sina.com.cn/s/blog_c15866a50102xnwd.html。

73. 殷占堂編譯：《侵華日軍：「不許可」照片背後的真相》，

http://mil.news.sina.com.cn/2006-12-19/0845421200.html。

74. 《日軍檔案裏「不許可」公開發表的侵華秘密照片（組圖）》，
http://art.people.com.cn/n/2015/0807/c397994-27427306.html。

75. 《不許可寫眞：被侵華日軍禁止發表的照片》，
http://www.krzzjn.com/html/IMG982.html。

76. 《下令日軍炮轟宛平城者究竟何人？還原「盧溝橋事變」經過》，
http://www.krzzjn.com/html/IMG1376.html。

77. 余戈：《侵華戰爭中的日軍「筆部隊」》，
http://blog.sina.com.cn/s/blog_4b1de59b01000bfs.html。

78. 《揭開日本侵華「筆部隊」眞相》，
http://mil.sohu.com/20151014/n423213587.shtml。

79. 《1939 年 7 月 7 日抗戰〈廣東迅報〉興亞紀念特刊》，
http://www.997788.com/28089/search_115_30140438.html。

80. 《日軍侵瓊所辦兩份報紙現身　風格與現代報接近》，
http://media.people.com.cn/GB/8996210.html。

81. 每日新聞社：《日軍侵華記錄（十二）》，
http://www.360doc.com/content/15/0317/20/178233_456001892.shtml。

82. 《偽滿電信電話株式會社及新京放送（廣播）局》，
http://www.ccta.gov.cn/jdcx/wmyj/20140911/901.html；

83. 《1944 年 5 月 25 日報紙〈中緬印戰區綜合雜誌〉（CBI ROUNDUP）》，
http://www.kongfz.cn/15599403/。

84. 《震撼！美國通信兵眼中的中國遠征軍》，
http://www.zhiyin.cn/2011/xwsp_0123/81751_11.html。

85. 謝來：《美通信兵記錄中國遠征軍　稱美國罐頭「頂好」》，
news.qq.com/a/20110123/000132.htm。

86. 戈叔亞的博客：《《國家記憶》攝影師──美軍中緬印戰區第 164 照相
連》，http://blog.sina.com.cn/s/blog_4d9e1cca010123lq.html。

87. 《二戰美軍記者拍沖繩島「破門之戰」》，
http://bbs1.people.com.cn/post/29/0/1/141494798_1.html#replyList。

88. 《上海廣播電視志·大事記》，
http://www.shtong.gov.cn/node2/node2245/node4510/node10154/index.html

後　記

　　參加「中華民國新聞史」課題研究的重要收穫良多。編撰《民國新聞專題史研究叢書》中的《民國時期的軍隊新聞業》，即是重要收穫之一。在此，要特別感謝本課題首席專家倪延年老師，沒有他的積極倡導和大力促成，我已有多年的這個想法可能仍然綣縮在腦海的某個角落裏。

　　復旦大學丁淦林老師、夏鼎銘老師，中國傳媒大學艾紅紅老師、天津師範大學李秀雲老師、中國人民大學王潤澤老師、鄧紹根老師，南京師範大學倪延年老師、劉繼忠老師，南京大學韓叢耀老師，四川大學王綠萍老師，新華社新聞研究所萬京華老師，廣西日報廣西新聞史志編輯室張鴻慰主編，國防大學軍事文化學院周偉業、陳飛、周洋、段力等老師，還有難以盡數的許多人，爲我撰寫本書提供資料，在此一併表示感謝。

　　民國時期的軍隊新聞業，頭緒繁雜，歷史悠久，是中華民國新聞史的一個特色鮮明的分支。《民國時期的軍隊新聞業》所作粗淺勾勒，只是一次探索。恐有史料失愼，史識失準，史論失當，以求信史，懇請同道，給予斧正。

劉亞

2018 年 11 月 23 日